終將成為妳 關於佐伯沙彌香

(3)

Bloom Into You: Regarding Saeki Sayaka

入間人間
原作、插畫／仲谷 鳰

Kadokawa Fantastic Novels

停泊船

Bloom Into You:

Regarding Saeki Sayaka

她表示自己算是感情流動率高的那種人。
凝視彼此的表情，與從認識她開始便常常看到的舒服笑容有些不同。
那張明顯看得出泛紅的臉上，滑過水滴般的光澤。
「流動率？」
我壓抑住進逼而來的些許困惑，詢問她。
她口中說著平常不太會提起的陌生詞語。
「沒錯。若要換種說法，就是乾脆或分際拿捏得宜等，諸如此類的吧。」
彼此的聲音相當靠近，她的臉也漸漸染上陰影。
如同夕陽西下，黑暗自遠處延伸過來。
「生氣和悲傷的情緒不會持續太久，應該說，無法持續太久。如果跟一個人想法不合而不相為謀，那當然值得難過，非常難過；不過沒多久後我便不會因此傷心，一定是我的心很快就冷了吧。生氣也一樣，我很難對同一個人生氣超過三十分鐘。」

彷彿重新自我介紹，她如此講述的內容落到我身上。三十分鐘確實算短。

如果是我，至少可以生氣上一兩年。

儘管到了現在，這股怒氣似乎也宛如風化，不知消失到何處了。

「我覺得日夜變換的速度比一般人認知的來得快，也常被人說走路很快。」

「很難說這之間有沒有關係呢……」

或許只是單純的急性子。不過能快速切換情緒，確實是令我有點羨慕的部分。

因為我是那種會長時間妥善地保存後悔情緒的人。

我倆之間的距離也不再隔著桌子，而是非常、非常地接近。

甚至到了只要她將身子一低，我們便會彼此重疊的程度。

好像能聽見她撐在地板上的手傳來骨頭擠壓的聲音。

「所以，之前我還一直追著某人的這雙眼，現在已經只會追著沙彌香學姊了。」

咖啡色的眼眸如她所述地看著我。我勉強帶過這句幾乎等同告白的話語。

身為學姊，我心裡有著不能由我先屈服的衿持和堅持。

「這就是所謂的見一個愛一個哦。」

我有經驗所以知道。儘管由當事人說這種話感覺有點傲慢就是了。

「哎，雖然以結果而言是或許是這樣沒錯。不過該怎麼說……妳說得真直接啊。」

在難以顧左右而言他或別開目光的距離下，彼此的話語如此直來直往。

聲音的熱度也每每因此升高，甚至差點要忘記呼吸。

「不過這也沒辦法啊。妳對我來說……非常不得了。」

這樣的語言能力讓人不禁擔心她考試真的沒問題嗎？說話混著妳和學姊兩種稱謂，證明了她所說的內容不甚安定。

「至於要說哪裡最好呢？呃，臉，超棒的。」

「……謝謝妳。」

她突然用直截了當、清楚明白的方式稱讚我。或許這麼說出口的她也更感覺害羞了吧，像是想覆蓋住整個泛紅的鼻頭那樣先閉上了眼。看著這樣扭捏的她，連我都不禁覺得可愛。

「我懂。」

外表是非常重要的因素。我覺得這樣的說詞，是比在熟悉對方之前就大言不慚地談論內在層面更誠懇的評語，所以我也回覆包含這般誠懇在內的評語給她。

她正面直直地凝視著我。

從相遇開始，直到現在。

我覺得很光榮。然而另一方面——

「妳說自己的情緒不會維持太久，包含快樂的情緒嗎？」

以及喜歡一個人的情緒。

我如此指摘，她靜靜地肯定。

「或許是。」

落寞的聲音之所以帶有幾分寂寥，是因為她心裡有底的關係嗎？

她的影子更加深沉了。

「正因為或許很短暫，我認為現在必須說。」

然後，她成為了我的影子本身。
倘若我們是星球，早已貼近至過於接近而將毀了彼此的程度。
我在與平常不同的距離下看著她。
從認識她到現在未曾體驗過，泛著熱度的臉孔與聲音壓了上來。
「因為我現在喜歡妳。」

這究竟是相隔了多少年的「相遇」呢？
大學二年級過了一半時，我被一位女孩子告白了。

透明之海

Bloom Into You:

Regarding Saeki Sayaka

『最近常常跑啊跳啊的。』

『身體很痛……』

『不過很快樂呢。』

『也有種奢侈感。』

『竟然能有機會成為自己以外的某人。』

『沙彌香不也上台演過戲？』

『感覺有益健康。』

『演員真的很厲害。』

『我實在做不來。』

『除非發生了什麼重大變故。』

『不然無法成為另一個人吧。』

『因為——』

『那是我自己。』

『我幾乎是保持自己原有的樣子參加話劇演出的。』

『我認為是這樣。』

『但妳也確實演活了那個角色，我覺得這很厲害。』

『有機會還想像那樣做點什麼呢。』

『是啊，有機會的話。』

『嗯，看將來吧。』

雖然說不上傲慢什麼的，但我是二年級，她一年級。

所以隔了一點距離對上她的眼神後，她之所以會點頭示意再離開，我想或許也是理所當然的發展。坐在對面的朋友察覺了我的視線流動，於是問道：

「那是沙彌香的朋友？」

「嗯，雖然她是一年級。」

「她可以不用見外一起來啊。不過應該沒辦法吧？」

朋友途中改變了意見，應該是想起自己一年級時的狀況而改口的吧。在不利用制服分辨學年的大學裡，要看出對方的年齡其實有點困難。一年級的時候總覺得身邊的人都比自己年長，無論在學校何處都會感受到一股坐立難安的氣氛。

習慣了之後，便會產生能看穿這些的餘力。

「下次再看到她逃走，就把她抓回來吧。」

「怎麼會是抓回來呢？」

我不禁因朋友的發想而苦笑。這種奔放的感覺跟高中時期的同班同學十分相似。

「呃，她叫什麼？」

「她是枝元學妹。」

枝元陽。我仍未直接以名字稱呼過算是大學學妹的她。

而當我知道她的名字時，春天已然日照強烈，並將空氣變換為淡淡的小麥色了。即使露天咖啡座的位子與桌子受到大陽傘的陰影遮蔽，依舊有點炎熱。奔流不息般走著的人們頂著似乎忘記梅雨季節為何的大晴天，影子長長地延伸而出。

我在巨大的影子籠罩下，望著那些人影交錯而去。

而沉默的時間稍微持續了一陣子之後，朋友的眼皮犯睏似的垂下。

「好睏。」

她倦怠地這麼嘀咕，況且似乎沒有要振作的意思，就這麼放低姿勢。

「果然還是不該吃午餐的，會無法活動。」

「但不吃也會因為肚子餓而無法活動吧？」

朋友捏了捏喝完飲料後失去用途的吸管尖端。

「說得也是呢～無計可施了。」

「這樣真傷腦筋呢。」

因為這朋友總是這樣，所以我也輕佻地帶過。

「好，今天乖乖回家吧。」

朋友按住桌子般的起身。

模樣有如忘記睡意，精神抖擻。

「課呢？」
「蹺個一堂沒關係啦。」
「妳已經蹺掉三堂嘍。」
「不要合計就是三次一堂啊。」
鬼扯著毫無道理可言的藉口，並想把自身行為正當化的朋友令我傻眼。這樣算是要正當化嗎？
哎，反正不關我的事，倒也無所謂就是了。
如果是過去的我，一定無法原諒他人這樣不正經吧。
我不清楚這究竟是自己變得寬容了呢？抑或只是單純鬆懈了？
我跟朋友喝完茶，離開陽傘的庇護。
逼近而至的亮光突如其然地落在瀏海上。
「……………………………………」
在二十歲與夏天近在眼前的強烈日光下——
我感覺高中時光像是在遙遠天空那一頭所發生的事情，偶爾卻又恍如昨日。

我升上了大學二年級。

「那，妳好好加油吧。」

「嗯。」

被一個不打算加油的人這樣鼓舞，有種難以言喻的感覺。

我與真的往正門方向走去的朋友道別後，準備前往有些距離的教室大樓而混入了人流之中。當我看著在一個被劃分出來的空間裡，有許多學生混著教授，分別抱著各自的目的往某處而去時，不禁陷入一股不踏實的奇妙情緒之中。彷彿意識到流竄於體內的血流那般，感覺世界正在轉動。

有人說過，大學是讓人有所發現的場所。

那有可能是將來的道路、人際關係、怠惰……有好有壞。

蹺課的朋友在大學的發現或許不在學習，而是別的方面。

我會在這樣的生活中有什麼樣的發現呢？

一年級時，還沒有明確地找出什麼。

我邊走在路上，邊動著眼，心想不知二年級能否有所斬獲。

彷彿追著因太過耀眼而看不見的光的另一側那般，我仰望天空。

隔天，我也在課堂間移動發現了枝元學妹。我隔著玻璃，與站在我剛好經過的合作社收銀機前的枝元學妹對上了眼，她的嘴角瞬間像是紮起來的頭髮甩了一下那樣。

她拿著錢包，對我伸出手掌，接著眼光左右游移之後，才一口氣放下提著購物籃的手。好像很重。我心想她如果剛好在結帳就別這麼興奮，快點結完帳比較好。連應對的店員都顯得困惑。

手忙腳亂結完帳的枝元學妹急忙來到外面，氣勢凶猛得好像會弄掉錢包、購買的物品跟身上的包包那樣。總覺得她可以不用這麼急啊。當我默默地等待慌慌張張的枝元學妹平靜下來之後，太陽也躲到雲朵後方，阻斷了照在牆上的日光。

有些強勁的風吹動合作社前的旗幟，獲得了聲音，傳到我的耳裡。

「想要表達等我一下還真困難呢。」

看著面露害羞笑容，尷尬地這麼說的枝元學妹，我也不禁放鬆了嘴角。

「是啊，我沒看懂。」

「啊，果然嗎？嗯——但妳依舊有等我，倒是沒關係。」

收好錢包的枝元學妹來到我身邊，彼此原本停下的腳步往相同方向移動。

我側眼瞥著枝元學妹那不算駝背，而是身體有點往前傾的走路姿勢。

枝元陽，大學一年級，比我小一歲。

每當個子偏矮的她跨出一步，紮在腦後的頭髮就會像毛筆尖那樣甩動，很是可愛。被有點丹鳳眼的她直直凝視，令人聯想到貓；然而一對上眼，她又會爽朗地笑，比起貓更加坦率，能明確地傳達自身想法。

當她把紮起的頭髮與暴露在外的耳朵一起直直轉向前方，就能看到有如稚幼少年般銳利且未經雕琢的側臉；不過一旦轉而面向這邊時，又會切換成女孩子的印象。是因為她完全不掩飾浮現的情緒嗎？對我來說，像她這樣能夠明確地切換的對象屬於未知領域，同時非常新鮮。讓至今從未相處過的性格與外表一舉朝我湧近的，便是現在的枝元學妹。

還有，她的嗓門總是很大，腳程也快到彷彿討厭停下。對於前進一事絲毫不帶猶豫的態度非常快活，每次看見她都會像這樣來到我身邊。

「枝元學妹妳——」

「叫我陽就好了。」

她微笑。配合她快步走著而流動的背景，與那平穩的氣息實在對不太上。

「枝元學妹。」

「真難纏。」

即使我溫柔地四兩撥千金，枝元學妹的笑容仍不帶絲毫陰影。

「所以妳叫了這聲枝元學妹，是有什麼事嗎？」

「我看妳跟著我，方向沒問題嗎？」

她打從出來後就大跨步地不斷前進。

「今天下午沒課，所以我正往想去的方向前進。」

並且笑著指了指前方示意「這邊這邊」。我想，如果我往完全相反的方向走去，她應該會來個大迴旋吧。她似乎很中意我。

邂逅這個學妹至今的一個多月，我已經理解並感受到了不少事情。

「往這邊也有門可以出去。」

「的確呢。」

「雖然從這邊回住處有點繞遠路。」

「住處？」

「在外面租的公寓。說成我家總覺得有點混淆。」

我知道枝元學妹的這番話讓我有些睜圓了眼。

「妳一個人住外面？」

「嗯，老家滿遠的。」

枝元學妹舉起合作社的購物袋。隔著薄薄的塑膠袋，可以看到裡頭是紙盒裝牛奶。

之前雖然曾一同離開學校，但回想起來，我確實沒跟枝元學妹一起走到車站過，都是在途中就道別了。

「沙彌香學姊是從老家通學的吧？」

「嗯。」

我在中學時期就經歷過搭電車通學，所以習慣了。現在想想，至今為止我都沒有離開老家，住在外面過。我太過於習慣有家人、有貓，以及有著那看慣了的房間天花板的世界，宛如適應水中生活的生物不會登陸那般，我已經很難離開這樣的環境。

「……………………………………」

我稍稍想起理所當然似的離家，走上自己的道路的摯友。

我們像是穿過樹木與建築物之間般走著，通過幾棟教室大樓前方。即使已經走了一年，擦身而過的卻盡是些不熟悉的臉孔，這點跟高中相比算是大相逕庭。

同時也能建構不侷限在自身從屬下的人際關係。

如同我偶然認識了小我一年級的學妹，現在與她並肩而行這般。

我瞥了學妹一眼。

我剛剛才首次得知枝元學妹離鄉背井。

關於她，我仍有很多不知情的部分。

也還沒問她相遇當時哭泣的理由。

在那之後，我就沒看過她流淚了。

我直到現在才對她為何哭泣產生了一點興趣。但外面天色還很亮，她也很開朗，感覺現在提起她哭泣的話題會直接蒸發。

「妳租的住處很近嗎？」

「不近的話，租了就沒意義了嘛。」

確實是。

「沙彌香學姊下次要不要來玩？我可以招待妳茶水，還有——」

枝元學妹看了看購物袋。

「豆芽菜。」

「這搭配組合我還真沒嘗試過呢。」

我想像起邊喝著紅茶邊嚼起豆芽菜的自己，覺得想像力應該追不上味道。

「有機會吧。」

「有機會喔……」

枝元學妹嘆了口氣似的，無精打采地笑了。

「感覺好像跟大人的口頭約定。」

如此說完的她又有點開心地抬眼看了看我。

因為自己的父母不會答應做不到的事情，我不太明白這是什麼感覺。

只不過是到朋友家稍微叨擾一下，應該可以更輕鬆一點看待吧。

雖然這麼想，卻仍舊覺得這件事的門檻很高，是因為我經驗不足，還是因為當事人是我呢？對佐伯沙彌香這個人而言，去女孩子家叨擾就是有著那一層意義。

至於要說我對枝元學妹是否抱持那樣的情感，則是沒有。

即使如此，如果我們更深交了一些……朋友之間的深交是什麼？而且並非以累積相處的時間，而是用深交來判斷，真的好嗎？

所謂的深交，就是陷入。

來到目的地——教室大樓的入口後，我跟枝元學妹道別。

枝元學妹像是無法靜下來般，不斷移動腳的位置，不正經地笑了。

「如果沙彌香學姊是個壞孩子，我就會問妳要不要跟我一起來的說～」

「壞孩子……」

我因她的形容方式而傻眼，反過來問道：

「我看起來像好孩子嗎？」

「非常像。」

「妳真沒眼光。」

雖然這是我出自真心的發言，枝元學妹卻似乎把這話當成玩笑，笑著帶過。

我穿過門前，回頭一看，只見枝元學妹在有些距離的位置上用力對我揮手。如果我沒有回頭會怎麼樣呢？應該會變成非常寂寞的結果吧。

「怪人……」

我邊嘀咕邊輕輕揮手。

枝元學妹似乎因為我有反應，滿足地重新面向前方，往大門方向奔去，購物袋也隨著她本人的動作劇烈上下搖晃。我邊心想「這樣沒關係嗎？」邊目送她，直到看不見那撮紮起的頭髮晃動為止。

我進入二樓教室，坐在正中央的位子，嘆了口氣。

雖然不到疲累的程度，但待在枝元學妹身邊，有種連我都被她傳染，想要奔跑跳躍的衝動。有些誇張的動作，舉止甚至不只是活潑好動，更像是情感過於豐富。我過去從未跟這種個性的人相處過。

「……硬要說的話……」

我甚至像是被繩索牽引般，回想起差點要忘記的老面孔。

所謂的人際關係充滿了有趣的刺激。

在課堂開始前的短暫時間，我這樣想著枝元學妹與過去的事情。

至少，我不至於忘記她的名字和長相。

『沙彌香學姊。』

『妳在學校嗎？』

『在。』

『吃過午飯了嗎？』

『有沒有安排？』

『那跟我一起吃吧！』

『要不要？』

『叫我陽就好。』

『哇，好難突破。』

『碰面的地點啊——』

『我家。』

『沒有。』

『可以啊。』

『枝元學妹也在學校？』

『要約在哪裡碰面？』

『枝元學妹。』

『呃？』

『枝元學妹家？』

『啊，當然不是我老家。』

『是住處這邊喔。』

『這我知道。』

『妳不是說用家稱呼住處有點混淆？』

『呃，是這樣沒錯啦。』

『但我覺得比起說住處，直接說我家比較順口。』

『這樣妳比較不會戒備吧。』

「啊哈哈哈。」

單手拿著電話的我不禁乾笑。她不僅老實，還有點小聰明。

不過戒備這個說法讓我有點在意。

只是去學妹的住處叨擾，究竟要戒備什麼？

我不禁瞇細眼睛，這學妹真的是喔……

『關於這點很遺憾。』

『我沒有聰明到可以想那些。』

『可以對沙彌香學姊做的壞事是什麼啊？』

『嗯，對對。』

『我這邊很涼快喔。』

『還可以免費提供飲料。』

『另外，應該很好吃。』

『說什麼戒備。』

『妳在盤算什麼壞事嗎？』

『天曉得……』

『所以，要去妳住處？』

『住處啊……』

『雖然我還沒想要弄什麼。』
『但我打算做飯。』
『所以才說是應該。』
『我算相當熟練喔。』
『還有，叫我陽就好。』
『我喜歡自己的名字。』
『我很期待。』
『啊，會考慮是指哪個？』
『午餐？名字？』
『午餐希望妳能盡早決定呢……』

『要吃什麼？』
『枝元學妹做飯嗎？』
『我會考慮的。』
『兩者皆是。』

『我可以做學姊想吃的菜。』

『……這樣啊？』

『這樣啊！』

『確實是這樣！』

『我現在在住處，馬上過去學校喔！』

『我會跑過去！』

『我跑出來了！』

『這樣啊。』

『那，我就過去打擾了』

『妳是不是只憑著一股氣勢說話？』

『我在正門等妳。』

『妳來接我。』

『我不想跑，所以請妳慢慢來。』

我收好電話起身。在我們互動的期間，多數學生都離開了教室。
我懷著殘存雜草般的心情環顧周遭後，盡快離開了。
「該說她積極嗎？」
毫不客氣地一直來。這種宛如被大浪吞沒的感覺，甚至撼動了我的心。
她對其他人也是這樣毫無戒心地介入嗎？即使她天性如此，我依舊不太能接受。一般來說，若被人毫無顧慮地接近，通常不會有人覺得這樣很好。
並非顧慮對方，而是以自己的心情為優先行動。
這或許就是她當時流淚的理由。
現在回想起來，她的確流下了大粒淚珠。
想必是吸收了許多情感而流下的吧。
而處在那眼淚落下之處的我，似乎相當受到枝元學妹的情緒動搖。
「枝元學妹的住處……這樣好嗎？」
上週她約我，今天又約我，結果我仍決定前往。先不提我們沒特別做什麼會增進情感的事情了，這星期我甚至還沒看過她。枝元學妹只是我上了大學之後認識的朋友之一，然而這個朋友卻輕易地踏進我的圈子。

雖然我說會去，心裡仍稍稍有點抗拒，畢竟我很少去朋友家，況且……有些什麼想要接續在「況且」之後。但無論我如何等待，它絕對不會自行現身。

我到底在枝元學妹身上預感到了些什麼？

離開教室大樓，熱氣猛地撲面而來。夏天已經展開雙翅，只消一拍、兩拍，便能讓我們的世界如此充滿暑意，碰觸臉頰的熱浪毫無溫柔可言。

蟬仍未追上夏天的背影。想必在近期之內，樹木長齊、充滿綠意的大學將變得吵鬧到隨處都能聽見蟬鳴，人聲也不輸給這些蟬鳴。隨著午休時間到來，學生們彷彿從巢穴露臉般一舉現身。人、人、人、人，即使用手指和目光追隨，也無法全部掌握。

那些多半是與我的大學生活幾乎沒有關連的人們。

而在這麼多人之中相遇的對象……

或許是該特別注意並珍重的連結。

我像是要逃開打算前往用餐的大量人潮般往正門走去，只見枝元學妹已在正門旁。她發現了我，對我揮揮手，舉止充滿稚氣倒不打緊，但那種毫不客氣地以全身歡迎我的態度，使經過的學生不時回頭張望。或許是發現自己擋路了吧，只見枝元學妹退到更邊邊，卻沒有停止揮手。揮動的手好像要撞到牆壁，光是看著都替她捏一把冷汗。

我加快腳步來到枝元學妹身邊。靠近之後，才發現她似乎真的是跑著過來的，兩手空空的她正冒著汗。被汗水吸附的瀏海沾在額頭上，凌亂不堪。

「對不起……讓妳久等了。」

「妳可以不用這樣看似很麻煩地道歉啦，是我自願跑過來的啊。」

「自願跑過來的啊……」

我不太習慣這種感覺。

話說最近我沒怎麼跑步，完全沒有發生什麼被催促般的事情。

這算是一種平穩，也可以說是索然無味……每個人都有不同的看待方式吧。

我突然憶起高中練習運動會大隊接力時的狀況。

現在回想起當時與她步調不一的事情，只覺得有點好玩。

「那，我來帶路。」

枝元學妹快活地動了起來。並未握住的手宛如被她拉扯一般，我也被拉了出去。

途中，我與印在枝元學妹T恤上的海獺對上了眼……是海獺。

海獺看著正前方，珍重地抱著貝殼。她喜歡海獺嗎？

枝元學妹說先過這邊的馬路，於是我們一起過了馬路。當燈號轉成綠燈時，我提醒了立刻想要過馬路的枝元學妹。

「不看清楚會有危險喔。」

說起話來感覺好像變成小學老師。

「啊，呃，不好意思。」

「妳不用跟我道歉就是了。」

枝元學妹明顯因為過於開心而難以顧及周遭狀況。至於她開心的理由呢，嗯，應該是我吧。

對方那靜不下來的態度甚至快傳染給我，讓我有些困擾。
我們過了馬路，走進大樓的陰影之後，我對枝元學妹說道：
「枝元學妹，妳會自炊呢。」
「我離家之前就有在做飯了，總覺得做飯很開心。」
枝元學妹有如想要露出潔白牙齒般笑了。
「妳不喜歡居家型的女生嗎？」
「我期待妳的廚藝。」
她彷彿要回應我似的加大步伐，像是絲毫不介意汗流浹背。
枝元學妹的住處真的離學校很近，不到兩分鐘就抵達。但說起來，這其實是我配合枝元學妹快步走路所花費的時間就是了。卡其色牆壁配上藍中泛白的屋頂，整體色調淡雅的公寓裡，狹小的腳踏車停車場內塞滿了腳踏車。裡面不知道有沒有枝元學妹的腳踏車呢？
我跟著枝元學妹踏上旁邊的樓梯，她的住處似乎位在上二樓後的第一間。枝元學妹在那兒停下腳步，從口袋取出鑰匙，將之插入鎖孔，扭動，頭也跟著扭轉。鑰匙轉了兩三圈之後，她才邊說著「啊，對喔」邊開門。

「我忘了上鎖。」

「妳可以不用這麼匆忙啊……」

「沒關係沒關係，我喜歡匆忙。」

枝元學妹以莫名其妙的藉口強行帶過，讓我進了房內。我半是開玩笑地心想她這麼歡迎我，反而會讓我起戒心。只是有朋友來家裡耶，只是朋友。

「打擾了。」

「歡迎，這是我第一次邀大學朋友來。」

我也是第一次到大學朋友家玩。

一入內，枝元學妹的存在便更加放大了。

這應該是平常就能稍稍感受到的服裝與化妝品的香氣吧。

或許是理所當然的，這間房內充滿枝元學妹的氣味。

那是不與夏天混合，略顯清爽地鑽過鼻腔的香氣。

從玄關進來之後的右側門後，可以看到廁所和整體式衛浴。在微暗環境下的另一邊有著洗臉台鏡子，上頭映出帶了些陰影的我的身影。我突然有點在意起許久未修剪的一頭長髮。

枝元學妹引領我經過流理台，來到一間面向南邊、有著對外窗戶、日照充足的房間。也就是說，這裡很熱。

「這房間真溫暖呢。」

「我已經把空調開到最強了，請等一下。」

枝元學妹低著頭，「嘿嘿嘿」地笑說。如她所言，裝設在牆上角落的空調非常吵鬧，跟慌忙地跑來的枝元學妹模樣重疊了。

她的住處很乾淨，若要形容得更精準一點則是沒什麼東西。只有一張小小的白色桌子、牆邊的床舖，以及直接擺放於地的架子。摺好的衣服堆疊在房間角落，完全沒看到類似櫥櫃的東西。大學教科書與包包一類的全塞在類似洗衣籃的地方裡。

「因為沒有坐墊，請妳直接坐在床上吧，要睡一下也可以。」

「沒關係，不用在意。」

我選擇坐在地毯上。把包包放在身邊之後，我呼了一口氣。

雖說是大學午休，但在一個遠離校區的他人家中仰望著天花板，感覺還是滿不可思議的。

平常我基本上都在校內餐廳解決午餐，不太去外面吃。

因為我覺得那樣好像半途蹺課……不知道是否仍無法完全擺脫高中生的感覺呢？當我抱著略略無法平靜下來的心情環顧著房內，便聽見枝元學妹的笑聲。

「這裡沒什麼好看的吧？」

「是啊。雖然無法跟其他人的房間比較，但陳設得很俐落。」

「畢竟即使增加新的東西，我也會很快厭倦，就這樣化作單純的雜物。」

「嗯哼……」

我想起放在自己房內書櫃上，不曾再拿出來重讀的小說。

枝元學妹從房間角落的衣服堆裡取出一條綠色毛巾，擦了擦額頭。我看著她的側臉和舉止，茫然地體會到現在這房裡只有我和她兩個人。這裡不是她家，所以也沒有其他家人，這種狀況對我來說很少見。

淡藍色的壁紙或許是為了稍稍緩和熱氣而選擇的吧？儘管窗上有單薄的窗簾，

然而因為日光毫不留情地映射其上，應該很快就會受損。

「超市很近，也有大賣場，所以我覺得這邊環境挺不錯的。雖然整體浴室有點小就是了。」

枝元學妹用毛巾擦了擦臉和脖子之後，轉向面對我。

「所以沙彌香學姊想吃什麼？」

「這個嘛……」

我思考了一下。身體渴望清涼的食物，不過昨天在家才吃過涼麵。既然這樣……我試著在腦中列出候選品項，卻想不出什麼好點子。

「我並不特別挑食，一時之間也想不到。」

「這回答最傷腦筋呢……」

枝元學妹苦笑著彎身，恐怕是要打開冰箱吧。由於我們之間隔著牆壁，我完全無法看見她在做些什麼。只是因為她的臉被光線照著，我才會這麼認為。

「嗯——那有沒有不喜歡，或是會過敏的食物一類？」

「這部分也沒有。」

「真的不挑食呢。」

嘀咕著「傷腦筋啊傷腦筋」的枝元學妹甩著紮起來的頭髮。這麼說起來，我不知道她手邊有些什麼食材，所以也很難指定啊。我稍微動了動身子看過去，便看到放在水槽旁的冰箱小巧玲瓏。

枝元學妹拿出寶特瓶裝的茶，倒進準備好的玻璃杯裡。

「總之先喝杯茶吧。」

「謝謝。」

「我這邊沒有製冰盒，所以沒有冰塊就是了。」

「足夠了，可以不用這麼顧慮我。」

我接過彷彿直接碰觸到裡頭液體那般冰涼的杯子，有著微妙凹凸的玻璃杯底部蘊含了許多顏色，吸收光線閃耀著。這是個虹彩色的玻璃杯。

因為它實在很美，我忘了喝飲料，忍不住換了幾種角度觀察它。

「不，我會非常顧慮啊。」

枝元學妹否定我的客套，搖了搖頭手表示「ＮＯ ＮＯ」。

「因為如果沙彌香學姊不喜歡這裡，就再也不會過來了吧。」

「唔嗯。」

雖然我不保證如果這裡完善我就會造訪，但她很努力的態度令我抱持好感。

而且，我認為她自覺親切待我將對自身有利這點，是一種好的方面的乾脆。

「是說，那個很漂亮吧？」

她指了指玻璃杯。我回了「非常」表示同意，她於是安心似的笑了。

「雖然不能給妳，但妳可以盡量欣賞。」

「我會這麼做。」

「還有，要記得喝裡面的茶喔。」

「好好。」

枝元學妹回到冰箱前，重複著取出各種食材、端詳、放回去的動作。

「那我隨便做點東西好嗎？」

「交給妳了。」

我把事情全丟給她煩惱之後，才總算喝了點茶。滋潤了喉嚨、閉上眼之後，變得有點難以區分左右。我想，這是一間很安靜的房間。

這裡和大學不同，周遭沒有樹木，蟬鳴或許永遠傳不到這裡。空調也完成了啟動後降溫的工作，運轉趨於平緩。我看了看房間角落。

「這裡沒有電視和書櫃呢。」

「我幾乎不看書的。況且有手機就不需要電視了。」

除了枝元學妹的聲音之外，傳來了水流聲。

「啊，抱歉，等我很無聊嗎？」

「不會，我並不厭倦等待。」

只不過也不擅長就是了。我想自己至今等待的方式都不算理想。

「我打算跟妳聊天打發時間。」

「喔，好耶——」

「不過妳可以邊聊邊弄嗎？」

「沒問題沒問題。我平常都一邊做菜，一邊自言自語。」

「……我覺得這點還是注意一下比較好吧。」

我可以很輕易地想像即使獨自在房裡，仍有辦法開心地自問自答的枝元學妹，感覺很像雞在雞舍活力十足地鑽來鑽去的模樣。即使是現在，也能在走廊看到枝元學妹的背影與簡單紮起的頭髮甩動的樣子。

「沙彌香學姊看起來就像看過很多書。」

之前好像也有人這樣說過。該認為這是表示我看起來充滿知性嗎？

「書啊……算是有在看吧。」

「妳常去大學圖書館一類的嗎？」

「圖書館……還算常去，不過都是去看報紙。」

我不確定是不是因為自己的聲音混入了料理過程的聲音之中，但我沒聽到枝元學妹回話。雖然跟她說想聊聊，卻也不好妨礙她做菜，所以我努力不要主動跟她搭話。枝元學妹也如同本人所述，自言自語的情況變多了。

有時候她甚至會吹起口哨，旋律大多是兒歌，明明還不到傍晚卻想跟烏鴉一起回家，或許跟這一帶到了傍晚容易聽見遠處傳來的相關廣播有關吧。

「啊，對喔——」

枝元學妹以聽起來有些洩氣的語調嘆了口氣，這似乎不算是自言自語。

「怎麼了嗎？」

「我家沒有多的碗盤。」

後仰著身子露臉的枝元學妹正「哈哈哈」地苦笑。

「啊啊，的確呢，畢竟妳一個人住嘛。」

只準備必須數量的餐具也是理所當然的。

「雖然可以用我的，但這麼一來我就無法吃飯了……跟鄰居借……總覺得也不太對吧。」

枝元學妹正嘀咕著煩惱。在這過程中，我想到了很簡單的解決方式。

儘管我猶豫了幾秒要不要這麼做。

但在腳像是於地板落地生根般糾纏不清前，我喝光杯中茶水，隨即起身。

「大賣場有賣餐具一類的嗎？」

「咦？啊——好像有，我想應該有賣便當盒之類的。」

「便當盒……嗯，其實倒也能用。」

我拿起包包，走向玄關。與枝元學妹擦肩而過時，她俐落地繞來我面前。

「學姊？」

「妳繼續忙，我去買餐具。希望大賣場的地點好找就好了。」

雖然我已經通學了一年，卻沒怎麼逛過大學周邊。我通常都在熟悉的老家附近買東西，這一帶只有跟朋友一起去過家庭快餐店而已。

「啊……不好意思，由我出錢吧。」

「沒關係，畢竟我是來蹭飯的嘛。」

我邊穿鞋邊提醒她要記得鎖門，然後看向枝元學妹並排擺放的鞋子。猛一看還以為是小孩的鞋子，讓我知道她擁有一雙小腳。

心中突然湧現擁有這麼一雙小腳的人竟然獨自外宿的奇怪感想。

我穿好鞋，因感受到目光而回過頭，發現枝元學妹就站在旁邊，雙手交叉，擺在腰後。

「該怎麼說……」

枝元學妹只在嘴裡再一次複述「應該說」，接著有如開心的花朵綻放那般笑開。

「請慢走。」

「……我走了。」

夾帶著一點奇妙、類似困惑的情緒問候彼此。

畢竟這並非自己家，對方是朋友……只能說奇妙了。

我難得被不至於不快的困惑玩弄著。

一派酷暑在我內心搖擺著走出的門外等待我。

儘管我不禁因為眩目的陽光而嘆息，仍走向樓梯。我竟然要特地去買不知道今後還有沒有機會用到的餐具，這行為可能真的很沒有意義、可能吃虧、可能兜了圈子，但我依舊走在夏日陽光之下。

大學二年級的早夏，我還不清楚自己究竟該做些什麼。

正因為不知道，所以可以前往任何地方。

「學姊，歡迎回來。」

「……我回來了。」

在朋友住處講這句話，果然還是有種奇怪的害羞感覺。

雖然「我走了」也是這種感覺。

畢竟我所採購的東西是餐具一類，簡直像是兩個人在這裡同住……總之就是很怪。但出來迎接我的枝元學妹似乎沒想太多，看了看我提著的袋子。

「有沒有迷路？」

「畢竟路上都不必轉彎，再怎樣也不至於迷路。」

大賣場就在經過大學前直直過去的地方。順帶一提，途中左轉往前走就有超市。在這座滿是建築物，甚至讓人覺得狹隘的小鎮裡，或許連道路都只能隨興地開闢吧。

我因為住處內空調確實奏效而鬆了口氣，同時感覺到空氣之中混入了陣陣香氣。我像是被除了枝元學妹的氣味吸引般看了看流理台，在單柄湯鍋裡發現香氣的真面目。

「親子丼？」

「因為冰箱裡剛好有雞肉，飯也是昨天煮好的。」

我從袋子裡取出兩個剛買來的碗。原本想說可能有湯品一類而買了兩個，或許是多買了吧。湯鍋後方可以看到平底鍋，裡頭盛著類似青蔥炒香菇之類的料理。

「這道是我在老家常吃的菜。」

枝元學妹隨後說著「還有——」並轉往桌子的方向，我跟著轉過頭去，便見到一大碗撕好的萵苣，是貨真價實的生萵苣。

「我想說只有兩道菜有點少，於是加了點東西湊數。」

我瞥了一眼放在生菜旁邊的虹彩空玻璃杯。

「似乎應該多準備點材料再約妳過來呢。」

「這樣就很夠了，畢竟再多可能會吃不完。」

她出於顧慮而想好好招待我，總覺得實在不好意思。但我沒有那麼會吃。

枝元學妹說著快準備好了，要我就座，我於是乖乖地在桌前坐好，拿起剛買來的筷子，凝視著並排的筷尖。這應該是我第一次自己買筷子。

畢竟這基本上是家裡有一雙可用就好的東西。

我邊張合手中握著的筷子，邊心想多了一雙筷子所代表的意義為何，並凝視著它好一陣子。

枝元學妹在桌上擺了兩塊隔熱墊，隨後分別放上盛裝親子丼的單柄湯鍋和炒菜的平底鍋。仔細一看，才發現其中一塊甚至不是隔熱墊，而是午餐墊。我不禁心想這樣真的好嗎？但感覺枝元學妹絲毫不在意這點，在我的碗裡添入親子丼的料，多到幾乎要滿出來。

「……謝謝。」

「如果不夠盡量加。」

要是再加一定會滿出來，弄得我整手都是蛋吧。

「這樣就湊齊了。」

枝元學妹看著新買的飯碗和單柄湯鍋，露出滿面笑容。

她負責做菜，我則是去採購不足的餐具。

這簡直就像跟枝元學妹同住一樣。一想到這裡，我便暗暗覺得害羞。

「那麼，我開動了。」

「請用請用。」

枝元學妹沒有拿起筷子，而是用手做出推擠般的動作，示意我用餐。看來如果我不先用，她應該不打算動筷子吧。我用筷子夾起一口她添給我的飯送入口中，咀嚼，緩緩嚥下。

品味著留在臉頰內側與舌尖的韻味，我不禁略略驚訝地看著飯碗。

「好吃嗎？」

我才吃一口，枝元學妹就急著問我感想。連這方面也是個急性子呢。

「好吃。」

「喔。」

「非常。」

「非常！」

話音上揚。枝元學妹清了清嗆到的喉嚨，隨即安心似的回位子坐好。

「哎，多謝稱讚……啊，真是太好了。」

「妳太誇張了。」

「妳都特地去買餐具了，要是不合妳口味，我會覺得很愧疚嘛。」

或許是如此。我看著手捧著的碗，微微笑了。

至少枝元學妹的料理值得我跑這一趟買回來。

我的筷子轉往炒菜去，枝元學妹的目光也隨之而來。

有點難入口。

「好吃嗎？」

「好吃。」

她又問了。在被她直盯著瞧的情況下咀嚼的香菇不太好吞嚥。

「喔，感想的層級下降了。」

枝元學妹並未表現出失望的模樣，而是愉快地指出這點。我吞嚥下去後——

「我想說講一樣的感想也不是辦法。」

「我覺得好話重複說也沒關係喔。」

「那，非常好吃。」

枝元學妹率直地「哇哈哈哈」開心笑了，那是一張非常適合單純讚美的笑容。
我咬了一口萵苣。
「好吃嗎？」
我就知道她會問。
「很脆。」
「對吧對吧。」
明明只是直接咀嚼撕碎的萵苣，枝元學妹卻顯得有些得意。
這樣滿好玩的。
我對每道菜都發表完感想之後，枝元學妹才總算開始用餐。用餐途中她比較少說話，默默地動著手口，姿勢、舉止，以及挺胸的模樣意外地相當英挺，讓我暗暗佩服。這樣說雖然不太好，但跟她平常看起來有點隨便的動作大相逕庭。
不過，會做出的事情仍是原原本本的枝元學妹。
「我吃飽了。」
「……………………」

「學姊，怎麼了？」

「我只是覺得妳吃得很快。」

「咦？」

瞬間吃完的枝元學妹看了看我的碗，並在瞧見裡頭剩下的分量之後說：「真的耶——」

「在我老家吃這麼快很平常……嗯。」

「妳家人也都是急性子嗎？」

「或許喔。」

苦笑著的枝元學妹把自己的碗筷放到水槽後立刻回來，坐回方才的位子。原以為枝元學妹很隨興地看了看我、看了看鍋子、看了看窗外，又馬上發現她發起呆來，宛如突然看過去之後，會假裝看向別處的貓那樣。

小小地紮在腦後的頭髮隨著她的動作甩來甩去的模樣，彷彿短短的尾巴。

「好吃嗎？」

她挺出身子，再次問道。難道只回答一次無法充分表達我的心情嗎？

我想起她剛剛說過，好話重複說也沒關係。

「很好吃。感覺也很神奇。」

「神奇？」

我邊用筷子夾起香菇邊回答：

「這應該是我第一次享用朋友做的料理。」

第一次品嘗朋友的親手料理；第一次拜訪朋友在外獨居的住處。

更重要的，是眼前這位學妹本身。

「……怎麼怎麼？」

或許是介意我的目光吧，枝元學妹開口問了我有何貴事。

「雖然不是什麼大不了的事情……」

我在枝元學妹身上體驗了許多第一次。

大概是因為她的個性是我至今從未接觸過的吧。

若當時我沒有偶然發現她在哭泣，彼此肯定不會有所交流。即使有人介紹，我想我也不會太有興趣，而會直接帶過吧。

正因為有那樣的契機，我現在才會在這裡吃親子丼。

而這個學妹擁有許多過去不曾吸引我的各種特質。

所以，硬是要說的話——

「我覺得妳跟一個我以前不擅相處的人有點像。」

那張彷彿一直拉著我的快活笑容十分相像。

枝元學妹略顯嚴肅地瞇細了眼「嗯——」地沉思。這樣的表情不僅維持良久，嘴角甚至還繃緊起來。

「呃，妳這是拐個彎說不喜歡我的意思？但又說這沒什麼大不了的？」

「不是這樣。」

「麻煩說明一下到底是怎樣……」

「我有點好奇自己現在遇見以前不擅相處的人，究竟能……建立起什麼樣的關係。」

當時遇見的她非常單方面。她曾經考慮過我的心情嗎？我想因為她是小孩，沒有這些餘力，她本人的個性也無法做到這點吧。她的行為與想法對我而言多半都會造成困擾，但現在的我或許多少能汲取她行為的含意和希望。我想，這就是所謂的成長。

「唔……呃——……沙彌香學姊不擅與我相處？」

「目前沒有這種感覺。」

而且料理很美味。我彷彿要慢慢分析調味那般細細咀嚼，邊咀嚼邊冒出想喝點湯的念頭，但實在無法說出口。而對面的枝元學妹整個人癱在桌上。

「呃……有點像但不至於不擅相處……我搞不懂。」

「就是說妳們只是單純有點像，畢竟妳不是她。」

「哪些地方像呢？」

「這個嘛……很活潑的地方。」

「竟然不習慣活潑的人。沙彌香學姊至今過得還好嗎？」

難道沒有過腦袋會長菇的煩惱嗎？她想像著我的陰沉人際關係並為我擔憂。確實，若是一群不活潑的人聚在一起，很有可能會變成那樣吧。

「……我的講法不太精準。應該說是行動優先於思考的人吧。」

有如貓會撲向動來動去的物體那般，總之先採取行動，然後才思考行動的意義。

跟深思熟慮完全相反，但比起堅持深思熟慮而總是陷入停滯的人能更快向前。我是那種要先找到理由才會行動的小孩，所以無法配合這類人的步調。

「原來是這樣啊。的確有這樣的傾向吧。」

大概是心裡有底吧。只見枝元學妹起身，隨即凝視著我。

被這樣直直盯著吃飯的樣子看，我覺得有點不自在，於是停下筷子。

接著用眼神詢問「怎麼了？」便見枝元學妹輕鬆地笑開了。

「我只是覺得動作不快點，很多事情都會馬上結束。」

「結束？」

枝元學妹起身走向水槽，沒有回答我的疑問。我聽到開始清洗碗盤的聲音。

「妳再稍等一下，我就可以幫忙了。」

「這邊太窄了，很難幫忙喔。」

的確如此。我接受了她的說詞，要是我跟她並肩站在那邊，應該會滿出來吧。

在空調確實發揮效用的空間中聽到水流聲，不禁有種冰冷的水珠從脖子滑落的錯覺。

「沙彌香學姊今天還有什麼事嗎？」

「午休結束之後還有課。然後……」

「然後？」

「……回家。」

「這樣啊。真可惜。」

枝元學妹的聲音平淡，能夠感受到她並未抱持太大期望。

其實在回家之前我打算去個地方，但我認為不需要說明得那麼詳細而省略了。

我跟枝元學妹之間還不至於沒有隔閡到可以坦承一切的程度。

不，沒有隔閡的人際關係真的存在嗎？

即使面對家人，人仍或多或少有所隱瞞。

能夠毫不隱瞞地坦承一切的對象，究竟能不能算是別人呢？光是這點都讓人存疑了。

「……沙彌香學姊有沒有交往對象啊？」

「…………………………………………」

她的問法以及詢問的原因這兩點讓我有些在意。

不過，我跟枝元學妹之間還不至於沒有隔閡到可以坦承一切的程度。

「不告訴妳。」

我含糊其詞，稍稍聽了水流聲一會兒。

「呿～」

「呿什麼啊。」

「我希望能跟妳親近到願意告訴我這些。」

她隨便用這話收尾之後，濺起水花的聲音增加。即使我往那邊看去，仍無法窺見她的表情。

有點忌憚明確地詢問她那究竟是什麼樣的關係。

目前就是這樣的氣氛。

為了不讓她分兩次洗碗，我想著要快點吃完，動起了筷子。

手口加速之後，感覺味道就不是那麼明顯了，總覺得很浪費。

我用拇指輕輕撫過剛買來的飯碗表面。

佐伯同學、沙彌香妹妹、沙彌香、佐伯學姊，與我有關的人們對我的稱呼分散得令人驚訝。稱呼方式象徵著對方的處事原則，以及跟那個人之間的關係。

而這之中可能會再加入沙彌香學姊，也可能不會。

不過若要遵從非常不明確，甚至算是預感的存在走——

我有種一定會加入的感覺。

『我也到了。』

『我到了。』

『先進店裡喔。』

「我看到妳的頭了。」

「哇。」

「生意真好呢。」
「是啊。連二樓也傳來了聲音。」
小小的腳步聲與平淡的些許嘈雜，以及淡淡傳來的香氣，令我瞇細了眼。
都姊的咖啡廳經營狀況似乎比以前更好，原本沒有用到的二樓座位現在也已開放，甚至有餘力僱用工讀生了。一位看起來像是高中生的女孩，彷彿正被點餐玩弄似的在店裡忙進忙出。
「學姊常來吧？」
「嗯，像是買書回家時就會繞過來。」
聽我這麼說，書店家的女兒鬧著玩般的行了一禮。
「多謝照顧我家生意。」
「小糸學妹呢？」
「我自己不太常來……妳不覺得我一個人來跟這裡的氣氛不太搭嗎？」

「沒這回事喔。」

即使離開大學，仍被人以學姊稱呼。不過現在這樣稱呼我的人不同。

坐在對面座位上的是小糸侑，以前的學妹，現在則是朋友。

從我身上也接收了許多情緒與立場的對象。

小糸學妹稍稍留長的頭髮直接放下，不再紮起，理所當然地看起來比以前更成熟。因為身邊的人沒有對我說過類似的話，所以我可能在高中時代就被認為有著超齡的成熟吧。我覺得自己與她之間的身高和視線高度差距稍稍縮短了。但明明我倆度過的時間是一樣的，讓我不禁暗暗笑了出來。

「燈子最近如何？」

我問了問沒有一起來的她的近況。被這麼問到的小糸學妹邊端起咖啡杯，邊稍稍思考了一下。

「要說如何，唔——嗯……動來動去？」

「什麼啊？」

「畢竟話劇社的活動很忙。再加上——」

「偶爾也會參與專業劇團演出對吧?真厲害。」

「雖然她還在煩惱是不是真的要走演員這條路。」

外行的我只覺得都參加專業劇團了，還有什麼好煩惱的?但即使身為專家，也不見得就必須以此維生。那一定是個複雜的業界吧。

「是說，妳應該曾跟七海學姊交流過吧?」

「我們沒什麼機會直接碰面，不過偶爾會聯絡。」

小糸學妹苦笑著說:「那來問我不是繞圈子了嗎?」

我輕柔地否定了這一點。

「不是繞圈子。我想知道妳眼中看到的燈子。」

基於諸多理由，人其實很難親自確實地對別人說出有關自己的事情。

畢竟如果沒有鏡子，連自己長什麼樣子都無法得知。

我忽地跟櫃檯裡面的都姊對上眼，她露出一如往常的穩重笑容，輕輕對我揮了揮手。小糸學妹發現我微微點頭示意的舉止後，同樣與都姊打了招呼。

之前雖然提過，總之高中畢業後仍常造訪這裡的似乎只有我，因為升學而離開這裡的人意外地不少。小綠、愛果，還有燈子都是。

我從未考慮過離開老家這個選項。

因為我沒有明確的目標。況且更重要的是，家裡的老貓和祖父母已經來日無多，我不想再減少與他們相處的機會。

我偶爾也會在這裡遇見箱崎老師。老師依然在高中教書，只要碰到面就會簡單交換一下近況。學生會話劇似乎已成了校慶的固定活動。一想到那確實是我們留下來的，不禁讓人有點害臊。今年學弟妹也有來問我們要不要回去。

於是話題變成要不要約前學生會的成員聚一聚，以及這麼一來該如何籌劃的狀況。

「燈子也會來嗎？她很忙吧。」

「因為是還滿久之後的事情，很難說……不過我想應該沒問題。」

「這樣啊……」

如果會來，就是我睽違許久與燈子直接見面了。

彼此之間的距離，成了我們不見面的最佳藉口。

我和小糸學妹依舊住在老家，只有燈子獨自住在學校附近，小糸學妹似乎會以符合常常、不時、頻繁之類形容詞的頻率留宿。而我只要稍稍觀察小糸學妹，就可以確認她有沒有去留宿。

「昨天也是住在她那裡吧？」

小糸學妹的肩膀抽動了一下，無法掩飾動搖。

「呃，妳為什麼會知道……？」

她著急地問到底是那裡露餡。但這又不是什麼對不起人的事情。

「這很容易啊……」

我正準備說明，忽地吐了口氣。

「不告訴妳。」

「呃呃……」

「要是告訴妳，妳不就會改掉了嗎？」

「唔……」

小糸學妹噘起了嘴，彷彿在抗議我壞心眼。即使外表改變，但只要稍加捉弄就會表現出學妹的樣子，所以很好玩。不過這樣一比，便覺得與她同年的枝元學妹比較稚嫩一點。

小糸學妹或許是因為與燈子交往而比較成熟吧。

儘管我並不確定枝元學妹是否有交往對象。

「佐伯學姊又如何呢？」

「如何是指？」

喏，直接被問如何會困擾吧？小糸學妹如此笑了。

「有什麼快樂的事嗎？」

儘管問題並不明確，多少還是給了點方向。不過，她竟然會直接問我是否有什麼快樂的事，有點難得。跟燈子已經談論到將來了，問我這麼抽象的問題好嗎？

「這個嘛……」

我看著杯中的深咖啡色水面，腦中似乎茫然地浮現她的笑容。

還有一張水獺的臉與之並排。還是忘了水獺吧。

「我交了一個一年級的新朋友。」

說到最近比較顯著的變化就是這個了，儘管我不確定這算不算快樂。

小糸學妹「喔喔～」了一聲，睜圓雙眼。

「是怎樣的人？女生嗎？」

「嗯，女生……很活潑的人。走路總是很快，還很會做菜。」

這樣一列舉，就覺得兩者好像沒什麼關連性。我只好啜飲一口咖啡，以帶過這不上不下的發言。

如此一來，不就等於是在我到她住處蹭飯之前，只知道她走路很快嗎？

我應該還知道一些其他的，卻難以想起。

「腳程快，廚藝又好……文武雙全呢。」

「妳的解讀很正向。」

看到枝元學妹動來動去的身影，給人一種比較偏武的印象就是了。

「佐伯學姊的朋友啊……是朋友吧？」

「不然還會是什麼？」

儘管理解小糸學妹想確認什麼，我依舊選擇裝傻。

枝元學妹對我懷著好感，但我沒有深入考慮過那是哪方面的好感。
我刻意朦朧地眺視那觸及表面的好感，不加以對焦。
腦袋特意逃避，不去深入思考。
那或許是細微的舉止透露的訊息，也可能是我本能地察覺到，抑或是心中尚未整理好的情緒暈開了……我以這樣的曖昧感覺看待枝元學妹。
枝元學妹是朋友，卻跟其他大學的朋友有點不同。
要將這些不同訴諸話語很簡單。不過我——
「我有點想見她。」
「好啊，有機會的話。」
話雖如此，但我、枝元學妹和小糸學妹同聚一地，究竟會是什麼狀況呢？
要有怎樣的人際關係，才會發展成那樣呢？
我完全無法預估。

我在大學圖書館看報以打發時間。

刷卡進入後往左的空間裡，擺放了四張長椅。我邊坐在其中一張上，邊攤開家裡沒有訂閱的報紙閱讀。地板上的厚實地毯吸收了聲音，使腳步聲從圖書館內消失。人的氣息也很遠。

儘管附近設置了電視機，但音量配合圖書館的環境開得很小，只有零星的聲音，聽不太清楚。旁邊擺放了科學雜誌，雖然曾經拿起來閱讀過，然而我沒有太多科學基礎，所以不太能融入其中。我覺得自己從以前開始，對於有無興趣的事物表現的態度就很極端。

而這不僅限於接物，待人也是如此。無論名字或是喜好，沒有興趣的對象甚至不會進入我的腦海。

我至今究竟忘記了多少相遇，活到現在呢？

看報紙也只看有興趣的內容，真方便。

紙張的氣味自接觸報紙的指尖傳來，是最近比較少接觸到的氣味。

近期再去買書好了。

我疊好報紙，將之收回架上，旋即打算離開。途中經過電視前時瞥了畫面一眼，節目正在採訪即將參加大賽的游泳選手，那位選手似乎剛上岸，全身都滴著水。彷彿季節搶先到來而曬得黝黑的肌膚正裸露而出。

明明應該都在室內練習，為什麼會曬得那麼黑啊？

我邊想著這些，那位女性選手正好在我經過畫面前時脫下了泳帽。原本在泳帽保護之下，大約剛好及頸的黑髮暴露在外。

濡濕般，有著滑順質感的黑髮。

「……………………………………」

我停下腳步。

『我喜歡游泳。』

記者詢問選手開始練習游泳的契機，女性如此回答。是個沒什麼特別的動機。但能夠喜歡自己喜歡的事物，堂而皇之地面對它，或許是非常率直且重要的事情。

『還有——』女性補充。

『以前我曾在水裡看到非常美麗的事物，所以……呃，就是說，我喜歡游泳。』

這番話後半因為包含了難以言表的煎熬，她只能再次強調自己的喜愛，讓記者輕聲笑了。簡短的採訪到此結束，馬上轉到下一個話題。

我在切換後的畫面半點都沒進入眼中的狀況下，茫然地凝視畫面。

……嗯哼。

「…………………………………嗯哼。」

我陷入一種就在自己忘記時收到一封信，拆開閱讀的心情。

「妳怎麼了？」

不知何時來到身邊的枝元學妹，與我一起窺探畫面。

「對明天的天氣那麼不滿？」

「……妳是指什麼？」

我針對她的問題提出介意的疑問。枝元學妹於是回答：

「因為我看妳一臉正經。」

「妳想多了。」

「可是現在也……哎，好吧，沒關係。是說沙彌香學姊，午安。」

總是快步走著的學妹在我前面一步，窺視般的向我打了招呼。我有點猶豫是否要提醒她不應該在圖書館內這麼大聲。

「午安。」

「沙彌香學姊，要不要去游泳？」

「怎麼突然說起這個？」

「因為妳剛剛一直看著游泳池選手啊。」

她從什麼時候就看著我啊？話說回來，游泳池選手這個說法很怪。

「枝元學妹，妳不是說自己不看書的嗎？」

在圖書館見到她，我有些詫異地試著詢問。

「叫我陽就好。」

「……枝元。」

「不知為何，這種直呼姓氏的稱呼方式感覺好高壓喔……」

枝元學妹縮了縮脖子，但立刻伸了回來。

「因為妳說會在圖書館看報。」

看樣子，她有聽到之前在她住處提起的話題。

「我偶爾會來看看，今天剛好發現了妳，就是這樣。」

枝元學妹如此作結，轉向前方。或許她每天都有來看看，因為最近我常常碰見這個學妹。我們沒有互相聯絡，很難認為這一切都是偶然。

不過我刻意不戳破這點，與她並肩而行。

即使這是刻意安排好的命運，我也覺得只要相遇了，結果便是同樣的。

「現在確實已經是可以去游泳池玩水的季節了呢。」

才踏出圖書館一步，我便不禁這樣說，因為外面如此炎熱。

大學校園內的茂密樹林上，大量蟬正從四面八方捎來鳴叫。

陽光角度銳利地照耀著我們。

七月中旬，夏天宛如源源不絕地湧出般，填滿了環境。

「嗯嗯，所以我們一起去吧，沙彌香妹妹。」

「不要那樣叫我。」

我溫柔地制止有些得意忘形的學妹。

竟然用了沙彌香妹妹，我趁著未感受到她目光的空檔，靜靜地笑了。

「事出突然，我什麼都沒準備，所以另找機會吧。」

我跟會隨身攜帶游泳裝備的小學生不一樣。

不過，游泳池啊。

高中時雖然曾跟學生會成員們一起造訪過……泳衣……還可以吧，不不……我在腦海中與流逝的時光搏鬥。

而當我暫時將這個計畫保留，熱氣與迷惘便同時撲了回來。

我帶著不知不覺往左轉般的感覺走著。但我們究竟要去哪裡呢？

離開圖書館，經過合作社前面時，我開始擔憂起這番漫無目的行走的目標了。

課……對，我必須準備去上下一堂課。

我遲了一段時間才想起這點，於是看了看枝元學妹。

「有機會啊……啊，對了，妳要不要再來吃頓飯？」

話題千變萬化。而枝元學妹似乎也發現自己毫無目標，於是如此提議。

「這個嘛……說是『再』，但我好像兩天前左右才去過。」

我大概已經到枝元學妹的住處蹭飯過三次了。畢竟她做飯好吃，住處離大學近，況且她又約我，還有……我有時會像這樣找理由。

彷彿刻意不想面對什麼。

「那今天也來吧！」

「很可惜，我今天已經吃過了。」

「哎呀呀。」

我有種原本氣勢滿滿的枝元學妹突然洩了氣的錯覺。

「改天吧。」

「啊哈哈，沙彌香學姊好像大人喔。」

我對外頭的日照，以及露出不辱其名般的陽光笑容的枝元學妹歪了歪頭。

「大人？」

「常用有機會、改天吧之類的說法。」

這是對總是嘴上說說的我不滿嗎？因為她開心地說著，我很難判斷。

只不過我想，即使妳說我像大人——

因為父母不會隨便出言承諾，我對大人沒有這樣的印象。

要說的話，我的拖延戰術倒是有種賣弄小聰明的感覺。

「有那麼多改天，很令人期待呢——」

「妳這是挖苦嗎？」

「一半是。不過剩下的一半是真心的……」

對話途中，枝元學妹的視線飄到道路另一側。隔著校地內狹小道路的那一頭，有一群吵鬧的女生走在與我們完全相反的方向上。枝元學妹的目光望向其中一人，那個女生也察覺了她的目光。枝元學妹露出友好的笑容，對方卻縮了一下肩膀。做出反應的女生看向枝元學妹，隨後也看了看在學妹身邊的我。

「嗨。」

枝元學妹爽朗地舉手問候，女生則是稍稍點了點頭，接著像是要別過臉那般轉而面向前方。我從她動嘴的感覺，大致猜到她講了些什麼藉口回應身邊女生們的視線。

以朋友或認識的人來說，那女孩的反應有點怪。

「奇怪耶。」

枝元學妹看著離開的女生，困擾地笑了笑，接著收回舉起的手，彷彿沒事一般的轉向前方。我看了看這樣的枝元學妹臉孔，上頭沒有失落的神色。

一如往常地明朗快活，是我一直看著的枝元學妹。

方才那種狀似略有隱情的擦身而過，以及她與此不搭調的態度，讓我產生了興趣。

我並沒有對枝元學妹漠不關心到可以完全忽視這些。

不過，總覺得會深深介入。我有預感，朝枝元學妹跨出的這一步將會成為很大一步。

該問呢，還是不該？我邊走邊猶豫著。

「妳認識她？」

「不。」

她先是搖了搖頭。停頓幾拍之後，卻又重新點頭。

「對，我認識她。」

訂正過後的枝元學妹仍張著嘴，接著——

「是朋友。」

向上修正了。此後只有我們彼此的腳步聲持續著。

「應該算吧。」

最後，她這樣補充。如今她們之間的關係可能相當細瑣，且支離破碎。

「她可能已經不當我是朋友了。嗯，我們的確都沒說過話啦。」

枝元學妹說得一副沒什麼大不了的感覺，但這樣比她平常誇大地邀約更讓我好奇。有種既然硬推不行，那就拉拉看……諸如此類的感覺。

求知慾、探究慾，一旦這些部分受到刺激，我便很容易做出反應。

現在想想，或許就是因為與枝元學妹的相遇仍存留謎團，眼下我們才會是這樣的關係。

我必須去上下一堂課。而我已經走錯方向了。

「……………………………………」

無法停下腳步。像是在訴說著究竟要往何方。

背部滲出的些許汗水，彷彿與灑落的過剩熱氣毫無關連，帶來些許寒顫般的感受。

我可是連才藝也從未蹺課過。

緊張到指尖彷彿稍稍發麻。

我停下腳步，換了個方向前進。

「咦？學姊想到有什麼事情要做嗎？」

枝元學妹猶豫著要不要跟我來，佇立原地。

我出口邀約這樣的枝元學妹：

「跟我來。」

陽光另一頭的強烈蟬鳴隨著我頭部的動作湧入耳中。枝元學妹先是停了一拍，旋即開懷大笑，說著「來了來了來了」並瞬間回到我身旁。

「妳不用上課？」

「課沒了。」

從我的預定中消除了。明明只是蹺課，卻總是能安上格外積極的理由。

我憶起當年想辭退游泳班時，那種不上不下的感覺。

明明當時我只是伴隨著愧疚之情一起逃避，現在的心境則完全相反。

之所以能讓這麼長一段時間都沒釐清的記憶成形，莫非是因為方才那一點點刺激造成的嗎？

「沒了……呃，該說這樣不太好意思嗎……真的好嗎？」

「一節沒上沒關係的。」

常常沒上課的朋友都能克服去年，順利升上二年級了。

過去我雖然總是為了不發生任何失敗而緊繃著，卻也累積了許多失敗而活到現在，仍能歡笑。

因此我認為這樣沒關係，繼續向前邁進。

我就這樣往教學大樓後面走去。那是縈繞著包圍四周的樹木氣味的吸菸區。

也是我與枝元學妹首次相遇的場所。

我瞥了彷彿背負著牆壁陰影放置的長椅與枝元學妹一眼。

「哎呀，真令人懷念呢。」

枝元學妹輕佻地表示，說著「是像這樣嗎？」一如當時那般站到了牆邊。

然後，明明沒有帶著淚水，她卻抹了抹眼睛。

「妳那時之所以哭泣，跟剛剛的女生有關嗎？」

是她逼哭妳的嗎？我如此問道。枝元學妹睜圓了眼。

「沙彌香學姊會心電感應嗎？」

我想起之前小糸學妹也曾露出同樣的表情懷疑我，不禁稍稍笑了。

「這誰都看得出來吧。」

我往長椅坐下，靠在椅背上，呼了一口氣。

隔著衣服接觸背部的堅硬觸感與樹木的香氣，讓我回想起在學生會辦公室的過往。

我用手指了指長椅旁邊的位子，枝元學妹於是抱著包包坐了下來。

「當時我很高興妳把這裡讓給我……好像不太對。其實是覺得很丟臉。」

枝元學妹可能回想起來了吧。只見她閉上眼，放鬆了嘴角。

「等到只剩下自己一個人時，我心想，啊，真不想讓人看到自己哭泣的臉呢。我明明不覺得哭泣是那麼糟糕的事情啊。」

我回想起在教室再度遇到枝元學妹時，她的表情。儘管鼻子仍然紅紅的，但她已經停止了哭泣。

「為什麼呢？」

我好奇，也想知道答案。枝元學妹立刻回答了：

「我想，應該是不想被人看到軟弱的一面吧。」

「軟弱……」

我反芻她所使用的說法。

「覺得軟弱就會被討厭。」

枝元學妹的臉上浮現包含寂寥感，帶著一絲陰影的笑。

起初我也認為確實如此。軟弱、馬上哭泣、不依賴他人便無法生存——

我或許也對這類存在抱持否定態度。

不過人在高興的時候也會哭泣，這無關乎堅強與軟弱。

我不確定哭泣是否就是展現軟弱。

接著，我沉默了一會兒。然而寂靜並未在這段時間降臨於此。

蟬鳴很吵。蟬為了生存而鳴叫。

以比起任何存在都更為強悍的聲色。

而先開口說話的是枝元學妹。

「有點熱呢。」

「有點而已嗎？」

吸收相當程度日光的頭髮如此訴說，應該是相當熱吧。即使躲在陰影下，仍有種日光一點一滴滲透過來的感覺。

「我只是看氣氛選了這邊。要換個地方嗎？」

「不，這裡就好。」

枝元學妹彎起眼角，展現喜悅。

「畢竟可以兩人獨處。」

屋頂與牆壁的距離恰到好處；天幕之下，世界明明如此寬廣，這裡卻只有我和枝元學妹。蟬鳴環繞，牆壁阻隔了人的腳步聲，消除了氣息。原來如此，這樣確實算是獨處。

在這個只有我與她的空間裡，枝元學妹難得有所顧慮地先做出聲明：

「可以說說關於我的事情嗎？」

「我就是因為想聽才過來這裡的。」

這是在課堂上絕對聽不到的內容。枝元學妹以包包遮掩嘴角。

「該說誠如妳的猜測嗎……」

她更加抱緊了手中的包包，繃緊身子。

「與沙彌香學姊相遇的那一天，我被她甩了。」

有種繃緊的絲線放在手指上的感覺。

我煩惱著是該彈開它好？還是保持現狀就好？轉瞬間，肌膚與聲音失去了溫度。

「這樣啊。」

回應相當簡短。基於各種原因，我警戒般的這麼說。

「她的理由是上大學之後，兩個女生在一起會讓她在意他人的眼光……之類的。」

我看著瞇細眼睛的枝元學妹，在心中同意這真是個爛理由。

被告知這點時，我想她的腦中肯定一片空白吧。無法確定究竟是出於憤怒還是失落感，應該半點聲音都聽不進去。

我有種感同身受般的體會。

「當時雖然難過得哭了，但現在我已經完全不在意。儘管不能當回朋友有點寂寞就是了。」

她的口吻不帶悲壯，感覺只是平淡地陳述事實。分手後能馬上撇清關係當回朋友也很奇怪，留下尷尬算是理所當然的。

如果是我，就不會想當回朋友。

一如我無法原諒學姊選擇分道揚鑣，曾經變調的關係很難恢復如昔。人與人之間的關係就像堆疊石頭那樣，有著所謂的偶然……只能形成唯一一次的形狀。一旦崩塌之後，幾乎不可能憑藉自身意志重現原本堆疊的形狀。
人生有很多事情無法重來。
所以在我遇見最棒的朋友時，她已經是最棒的了。而現在我們仍是朋友。
這層關係絲毫沒有動搖。
無論我如何希冀，仍不會有任何改變。
「哎，就是這樣而已。」
「不是可以這樣一句話帶過的事情吧。」
「不，已經變成只是這樣了。」
枝元學妹意有所指地看著我，露出微笑。總覺得學妹的稚嫩臉龐彷彿與我的視線高度平行。
「我喜歡女性。」
「……這樣啊。」
自己的聲音猶如水泥表面般，我並不清楚它何時會龜裂。
「所以——」

枝元學妹欲言又止。我卻無法說出「所以如何？」催促她。

彼此的聲音像是化為空白，沒有接續下去。

「只是覺得沙彌香學姊就在那裡，感覺好厲害喔。」

「厲害？」

聽到我對這蒸發了許多雜亂話語後選出的形容表達疑問，枝元學妹有些害臊地別開了目光。

「該說好像有什麼連結嗎……唔——嗯……戲劇性？」

枝元學妹挑了挑眉，困擾似的仰望天空。

「說命中注定是太誇張了。但我想不到其他說法。」

「……有緣嗎？」

「沒錯，就是這個，緣分意外。」

我有點猶豫要不要指摘她說反了，畢竟現在不在課堂上，不是上國文課，但又講著非常正經的話題。我覺得自己的思考正像這樣，企圖逃避這個話題。

「當時就是……在眼淚的另一側看到沙彌香學姊，非常漂亮。」

枝元學妹邊說著只是這樣，邊將手撐在長椅上，伸長雙腳，原本抱著的包包依然扭曲變形地留在大腿上。她看起就像一隻垂著頭的貓。

「真的很漂亮呢……」

「妳不用說兩次，我會害羞。」

聞言，枝元學妹就像等著我做出反應般，輕輕笑了。

「我覺得稱讚要說幾次都沒關係，多聽幾次也無妨啊。」

總覺得這樣的看法很有她的風格。我對她的了解似乎已經進展到會湧現「很有她的風格」這種想法的程度，覺得自己更了解她了。沒錯，我正是為此來到這裡的。

想了解枝元學妹，聽她說話。

好了。

我究竟想拿這隻踩在半上不下位置的腳怎麼辦呢？

確實是，好了。

好了，我必須好好面對接下來的事情。

在被這一步步造訪的夏季灼燒的景況下。

「沙彌香學姊啊……」

當我正在煩惱時，枝元學妹已然搶先說道。她真的是個不會猶豫該不該行動的人。

「什麼事？」

「妳的頭髮很長呢。」

枝元學妹的目光投向我的頸後。

「是啊……」

高中畢業之後就只有修整，從未真正剪過頭髮。

儘管沒人這樣說，我仍不想被人認為自己是因為失戀才剪去頭髮。

我不喜歡這種感覺，於是放任頭髮自行生長。

我反問枝元學妹，我的頭髮怎麼了嗎？

「我喜歡。」

枝元學妹邊這麼說，邊從長椅上起身。聲音和動作都很輕盈。

如此不經意地投射而出的好感，有如氣球飄盪般，緩緩抵達我的內心。

而當它即將觸及我時，枝元學妹已經採取了行動。

她快步與我拉開距離，接著回過頭來，笑著對我揮揮手。

雖然我們經歷過多次離別，但由枝元學妹主動離開的情況實在相當少見。

「那還真是謝謝妳……」

獨留原地的我目送她離開後，邊撫著披在頸上的頭髮，總算嘀咕了一句。

她說喜歡這仍殘留在我心中，牽絲攀藤的過往。

喜歡。

輕輕的聲音使蟬鳴遠離。

我宛如被告白般的困惑著。

彷彿被告白了。

大概。

『貓好嗎？』

『很好。』

『兩隻都好。』

『不過因為年紀大了，相當慵懶。』

『慵懶啊……』

『不知道給不給我抱呢？』

『即使慵懶，逃跑的時候還是很敏捷喔。』

『有精神是好事呢。』

『嗯。』

『我還想再去看看貓。』

『可以啊。』

『也想見妳。』

『總覺得可以跟妳——』

『說很多事情。』

『我……』

『是啊。』

『這樣或許也不錯呢。』

『嗯，找機會吧。』

『找個機會吧。』

七月二十九日，我生日當天的早晨，與連日來毫無二致的悶熱席捲而來。

感覺是個似乎跟昨天沒什麼不同，明天應該也沒什麼差別的夏天早晨。

我滿二十歲了。

拿起枕邊的電話，一早就來了祝福的訊息，是小綠與愛果傳來的。我確認收到的時間，訊息是在日出之際傳出，看來她們相當早起，而且兩人是一起傳來的。小綠與愛果目前合租房子，或許是其中一人叫醒另一位的吧。我看到小綠說了兩次恭喜，她可能是在半夢半醒間傳的。

無論如何，我都很高興。

枝元學妹並未傳訊息給我。這是當然的，因為她不知道我今天生日；反之亦同。我們對彼此所知無幾，之前才增加了一項。

儘管那項可能相當重大。

那是能那麼輕而易舉地說出的事嗎？

倘若她覺得告訴我也無所謂，又是基於什麼樣的考量？

「……………………………………」

枝元學妹或許正確地掌握了我。

如同我能理解小糸學妹去燈子家過夜了那樣。

由不同人來看，或許會看出我身上的些微差別吧。

我坐著思考關於枝元學妹的事。

我有自覺，最近愈來愈常想到她。

我想這算是一種助跑吧，感覺懷念的事物開始漸漸遠離。

有如仰望看不見的繁星般仰頭，我抱著單側膝蓋，在椅子上搖晃。如果就這樣靜靜地不動，今天將會平穩地、普通地，毫無狀況地結束。

儘管我覺得這樣也很值得珍惜，卻仍像望著遠處波浪般瞇細了眼。

我確實抱持著一絲想告知她的念頭。

儘管我並不喜歡這樣，有點像是討祝福，但總覺得比起事後告知，自己更應該現在就讓她知道。我淡淡地認為這樣做，枝元學妹應該會比較開心。

我很明白，希望她因此開心的自己確實存在。

我半閉著眼滑起手機，難道是為了掩飾害羞嗎？

『我滿二十歲了。』

送出訊息後，我等了一下看看有沒有已讀跳出，這才放下手機。

大概過了三十分鐘之後總算收到回覆。應該是她剛起床就回了吧。

『生日？』

『今天嗎？』

『為何要這樣欺負我……』

『當天才知道，我根本沒辦法準備啊！』

『至少讓我三天前知道嘛。』

『就算是昨天也好……』

『對不起，說這些之前應該先祝福妳的。』

『學姊，生日快樂。』

『嗯。』

『欺負？』

『準備什麼的……』

『沒關係啊。』

『謝謝。』

『這樣說雖然俗套。』

『不過妳願意祝賀我就很夠了。』

『雖然很像在討祝福。』

『不會。』
『說是這樣說——』
『我覺得贈禮比起為了對方，更多是為了滿足自己。』
『該說是想留下一個好印象嗎……』
『實際收到禮物果然還是會讓人比較開心吧？』
『對吧～』
『……妳有沒有想要什麼？』

『這個嘛，的確。』

『現在沒有……』
『我只想要幾句祝福而已。』
『包含妳對我說的。』
『……枝元學妹？』
『沒反應了……』
『睡回去了嗎？』

『沒沒沒！』

『我醒著！』

『也就是說，我現在不是在作夢……』

『應該算是很高興的事吧。』

『別說這個了。』

『沙彌香學姊今天起就滿二十歲了。』

『可以喝酒了呢。』

『也可以抽菸。』

『還可以打柏青哥打到爽。』

『妳是指什麼事？』

『是啊。』

『嗯。』

『這些我都不會做啦。』

『枝元學妹想到的成人活動──』

『都好幼稚。』

『叫我陽就好。』

『沙彌香學姊，妳喝過酒嗎？』

『怎麼可能有。』

『好正經喔。』

『枝元學妹有過嗎？』

『枝元學妹沒有過。』

『是乖寶寶呢。』

『這樣啊～～』

『那要不要來喝酒呢？』

『？』

『我只是想說作為滿二十歲的紀念，來喝酒如何這樣。』

『啊，酒我會準備，慶祝妳生日。』

『酒啊……』

『枝元學妹不是還不能喝嗎？』

『啊，不過妳有可能重考過一年。』

『並沒有。』

『我打算喝可樂就行了。』

『就行了？』

『我發現搬來這裡後都沒喝過可樂。』

『明明很喜歡碳酸飲料的。』

『喔……這樣啊。』

『不過酒……』

『我從未想像過，也還沒做好心理準備。』

『要不要來我這邊喝？』

『枝元學妹的住處嗎？』

『叫我陽就好。』

『畢竟我不知道白天哪裡可以喝酒。』

『這我也不清楚呢。』

『啊，家庭餐廳？』

『我不懂妳的原來如此是什麼意思。』

『這個嘛……』

『交給妳決定。』

『那，晚點見。』

『原來如此……』

『啤酒就好嗎？』

『OK～』

情況變得相當奇妙。奇妙嗎……嗯，算是奇妙吧。

即使如此，我仍開始準備出門。今天明明不打算外出，情況卻一百八十度大轉變，我手忙腳亂地在房內來來去去。我邊忙碌邊看向窗外，確認世界是如此閃耀。

強烈的日照讓我聯想起在電話另一頭的枝元學妹，應該是她本人的性格所致吧。

不過，我邊拿起月票，邊想著「要喝酒啊」。

沒關係嗎？我會不會因為喝太多而醜態畢露？由於我也不知道自己能不能喝那麼多，一切都是未知數。就在我忙亂地來來去去時，緊張情緒竟稍稍油然而生。

與此同時，也伴隨著些許興奮。

要和家人以外的對象慶祝生日，讓我有些開心。

我準備完畢，想說在出門前告知一下家人，於是看向客廳，發現祖母正在那兒。祖母與貓和老朽的椅子一樣增添了歲數，卻仍是確實存在於此的景色之一。祖母發現我來了。

「我出門一下。」

「哎呀，今天學校不是沒課嗎？」

問話的方式、對待我的方式，以及氣氛都與以往相同，她的問法很像問我有沒有上才藝的感覺。從祖母的角度來看，或許我仍跟小學生沒有太大差別。

「嗯，是沒課……我要去找朋友。」

「真難得。」

祖母像是要徵求貓的同意般垂頭看看一臉睡意的貓。

「難得嗎……嗯，也是呢。」

或許是如此，畢竟學生會週末不活動。

我在走向玄關之前想到一件事，於是詢問祖母：

「酒好喝嗎？」

祖母原本細長的眼睛稍稍睜開，膝頭上的貓兒也搖著尾巴看我。

「好好去玩吧。」

祖母的回答並不直接，聽起來好像文不對題，且有些遠觀的感覺。

我煩惱了一會兒該說什麼才好，最後只「嗯」了一聲點點頭。

說話有點拐彎抹角的祖母說了句「坦率最好」，並擠出更多皺紋笑了。

「未成年買酒本身沒問題吧？」

「應該不算違法……吧。」

雖然念法律系，但我也沒自信。

「哎呀，反正都已經買好了。」

枝元學妹提起放在流理台的購物袋，聳了聳肩。

「我想說可能會被刁難，於是利用超市的自助結帳櫃檯買了。」

我看著枝元學妹接連從袋中取出罐裝啤酒擺好，不禁笑了。

「咦，不能買嗎？」

枝元學妹似乎誤會了我的笑，不禁一陣驚慌。我緩緩搖頭，表示不是這樣。

「只是覺得好像在跟枝元學妹一起玩裝大人的遊戲。」

不知為何，我有種宛如來到公園嬉鬧玩耍的感覺。

聽我這麼說的枝元學妹也笑了。仔細一看，可以發現她的額頭剛浮出汗水。

「叫我陽就好。」

「……枝元學妹。」

雖然我考慮了一下，卻想不到什麼有趣的回應方式。

「買這麼多，應該喝不完吧？」

我看著十罐啤酒擺成保齡球瓶的樣子，有點傻眼。如果剩下了是誰要喝啊？枝元學妹抱著啤酒，邊說「別在意別在意」邊回到房內。

我拿起她留下的啤酒，歪著頭心想這不是該冰過之後再喝嗎？

一靠近，便能發現即使處於再平常不過的景色中，依舊充滿許多不明白的事。

引領我進房之後，枝元學妹問道：

「成為大人後有什麼感想嗎？」

「沒有……跟其他生日沒什麼差別。」

只是我很久沒有像這樣跟朋友一起慶祝了。

「枝元學妹的生日是什麼時候？」

「三月，好險呢。」

一度坐下的枝元學妹突然說著「忘了」後又回到水槽，飛跳般的來回房內外。

雖然我自認還很年輕，但該怎麼說，枝元學妹的動作……相當輕盈。

我感覺枝元學妹身上仍有著每個小孩都具備，卻隨著成長漸漸失去的事物。而這樣的枝元學妹正以雙手捧著玻璃杯回來。

仔細一看，一罐可樂混在擺放桌上的啤酒之中，應該是枝元學妹要喝的吧？

「好險是指？」

「如果再晚一個月導致我的學年更往下，應該就無法遇見沙彌香學姊了。」

枝元學妹將玻璃杯放在我面前，把這當成一種幸運般說道。

「哎，不過世界上沒有如果就是了。」

她立刻否定假設的話題。或許是因為經歷過一入學就分手，她才會這樣說吧。

「因為沒有人能看見其他選項，所以全部都是命運的安排，是必然。我是這麼認為的。」

「或許是如此呢。」

我也不是沒有這樣想過。

要是沒有在何時做出錯誤決定。

今後將能看見有她也有我的笑容，這般夢想中的景象。

說起來，我倒不認為現在的自己是錯誤的。

不過，三月啊……我好像知道她為什麼叫這個名字了。

儘管日照依然強烈，室溫卻有些偏低。枝元學妹拿起一罐啤酒，拉開拉環。我遞出玻璃杯後，她將啤酒注入杯中。雖然記得啤酒有特殊倒法，但因為我也不知道什麼是正確做法，因此無法提出意見。

金黃色液體注入總是讓我使用，杯底看得見彩虹的玻璃杯中。

「雖然我覺得比起啤酒，沙彌香學姊更適合葡萄酒。」

「妳這是什麼刻板印象。」

「拿著高腳酒杯這樣晃……」

枝元學妹親自表演起來，似乎在扮演身穿浴袍，拿著高腳酒杯的我。從我的角度來看，只覺得她這模仿完全沒有屬於我的元素在。

「妳啊……」

我從未穿過浴袍。這年頭是要去哪裡穿浴袍啦？

「開玩笑的。啊，雖然之前說過了，總之祝妳生日快樂。」

在自己的杯中倒入可樂後，枝元學妹轉而正坐。

「謝謝。」

告訴枝元學妹自己生日的結果，就是來到她住處喝酒。

雖然我在來之前也這樣想過，這狀況真的挺奇怪的。

這也是如同枝元學妹所說的並非偶然，而是必然嗎？

如果一切都是必然，代表我沒有決定事物的餘地。

我明明可以選擇要不要用這個玻璃杯喝啤酒啊。

不過如果我不喝，就會變成我到底來這裡做什麼的景況。讓枝元學妹買了這麼多酒……雖然我沒有要求買這麼多，不過她也是想幫我慶祝。

我實在無法拒絕她的一片心意。

原來如此，的確眼下在我的心裡沒有不喝這個的選項。

或許每次的路真的都早已定案了。

我們說了聲「乾杯」並輕輕碰杯。我詫異於枝元學妹碰杯的力道之強。一點都不輕。

我將杯子湊到臉邊，酒精的刺激氣味撲鼻而來。

總覺得拿著裝了酒的杯子的自己十分彆扭。
我隨即喝了有生以來的第一口酒。
能重新體認到自己已經二十歲的鮮明味道好苦。
「……………………………………」
杯子自傾斜的角度緩緩復位。
我勉強喝了下去。
「很苦。」
在我開口之前，表情或許便已一覽無遺了吧。
枝元學妹的臉已微微抽搐。
「有這麼苦？」
「比想像中的苦多了。」
因為大人們都一臉平常地喝著，我還以為味道會更親和一點。
確實留在喉嚨的後勁，彷彿慢慢地回到了舌頭上。
老實說，有夠難喝。

「這還是我來這裡首度品嚐到味道糟糕的東西。」

杯中仍留有一半的啤酒一如字面所述般苦澀，我心中早已產生抗拒。

推開玻璃杯的我卻看到枝元學妹圓睜著眼和嘴。

「妳怎麼了？」

我凝視著她。只見她臉頰上淡淡浮現色彩。

「不，哈哈……不愧是大人呢……」

「嗯、嗯——」枝元學妹獨自開心地表示理解。

「明明覺得啤酒很苦？」

「不，我不是說這個……這樣也沒關係啦。」

枝元學妹笑著打哈哈過去，喝了一口可樂。

那杯飲料和我的不同，輕快地從玻璃杯中消失。

「可樂真好喝。」

「那真是太好了。」

「要不要交換？」

「不好吧……」

她可不是只差一點點就滿二十歲，因為生日的關係還早得很。假使……沒錯，假使枝元學妹生日了，要慶祝她成年也是之後的事情，屆時我是否能夠理解這種酒的好呢？

「儘管剛才也說過了，總之我實在不想喝這種東西……剩下的怎麼辦？」

我接連敲了敲啤酒罐表面，但枝元學妹似乎不太擔心怎麼處分它們。

「沙彌香學姊每來一次就喝一罐如何？」

「我幾乎都是大學午休才會過來這裡耶……」

如果我每次午休都喝一罐啤酒並帶著酒氣回去學校，朋友們會作何感想呢？說來我壓根兒不覺得喝酒之後還可以正常聽課啊。

「不行的話就我喝吧。」

「喂，妳未成年。」

「把它當成苦一點的可樂就行了吧。」

我茫然望向枝元學妹暢快地大大張口笑著而露出的牙齒。

我想要聚焦視線，卻覺得有點不舒服。這是怎麼回事？
先別說這些了。
雖然自己說有點那個，但我考上的這所大學算是很好的學校。
只是隨便念點書是很難考上的，除非運氣超級好。
「嗯。」
「怎麼了嗎？」
枝元學妹窺探了一下正晃著玻璃杯的我。
「枝元學妹其實很會念書吧？」
「咦，妳剛剛是不是說了很失禮又直接的話？」
枝元學妹瞇細了眼表示驚訝。剛剛這番話我或許真的說得太隨便了。
「我不是指壞的方面。」
「難道還有好的方面？」
「擅長學習本身不就是一件很棒的事情嗎？」
「不過妳覺得我看起來不像，對吧？」

枝元學妹開心地笑了，看起來對此有著自覺。
「這或許是偏見，但妳看起來實在不像愛念書的料。」
「確實不愛啊。」
她非常乾脆地承認了。
「沙彌香學姊喜歡嗎？」
「我覺得能增加知識是一種喜悅。」
就像戴上度數正確的眼鏡那樣，視野中朦朧不清的部分將變得清晰。
「沙彌香學姊說起話都給人聰明的感覺。」
「意思是說我賣弄聰明嗎？」
「這不是挖苦，只是單純覺得這方面……呃，嗯。」
她支吾其詞。我感覺到應該不算好的氣氛，不禁苦笑。
我確實有賣弄聰明的一面，因為我曾被這樣期待，並一路回應走來。
別看我這樣，我也是想了很多根本不重要的無聊事情。
比方說，枝元學妹明明流了這麼多汗，卻沒有什麼汗臭味之類的。

枝元學妹以「就是啊……」起了個頭，一口氣喝光可樂。真讓人羨慕。

「跟我說要一起來念這所大學的人很會念書，所以我拚命考上了。」

「……跟妳分手的那位？」

枝元學妹一副理所當然地笑著帶過。

「不過還好當初有努力，因為我遇見妳了。」

紮著的頭髮隨著她的笑容躍動。我卻有些不知該作何反應才好。

雖然與她相遇不至於讓我不開心，但我很難率直地表現出來。不，倒不如說想要隱瞞也是我貨真價實的情緒之一，只是應該不會發生在枝元學妹身上吧。

而這樣的枝元學妹伸出手，抓起啤酒罐，拿了過去。

「畢竟這似乎不合沙彌香學姊口味。」

「等……」

在我制止之前，枝元學妹便一飲罐中液體。我能感受到液體順暢地流入她的喉嚨。即使放開長時間就口的罐子，她依舊處之泰然。

「嗯，真的很苦耶。」

她說出跟我同樣的感想，卻只是順口帶過。她跟我不同，並未因為這樣的苦味而挫敗。

「妳怎麼好像挺習慣的？」

「其實我好像曾偷喝過料理用酒。」

又好像沒有。學妹別開目光，隨即又轉回瞥了罐子一眼，稍加思考後勾起嘴角。

看樣子是個經驗比想像中豐富的學妹。

「真是個壞學妹。」

「配上乖學姊恰恰好。」

「才沒有，又不是天秤的兩邊。」

所謂的人際關係……雖然想要找個比喻，但我一時想不到。總之應該不是天秤的兩邊，我不認為均等就是正確的，均等只有在毫無關係的人之間能夠成立。所以儘管覺得哪裡不對，我卻無法找出正確解答。

持續思考的我自然而然地不再說話，枝元學妹也望著我和窗戶另一邊，喝著飲料。沉默如此持續著，身體自然無事可做，我不禁拿起理應苦澀的啤酒，一點一滴地啜飲了起來。每當它流過喉嚨，我都會後悔自己為什麼要因為沒事做就喝它，告誡自己再也不要這樣，卻又專注於思考而喝了起來。

當我回過神，已經開了第二罐啤酒。

枝元學妹雖然也開了第二罐飲料倒進玻璃杯中，但那似乎不是可樂。

「沙彌香……學姊妳啊。」

「呃？啊，嗯，請說。」

聽到她的聲音之後，我不知為何慢了一些才反應，好似跟自己保持了一點距離。

枝元學妹以玻璃杯掩著嘴，刺探般的看著我。

就像從草叢裡探出頭的狗那樣。

「雖然這是仗著醉意問的。」

「妳醉了？」

我想表示自己完全沒事而揮了揮手，但仔細一看手是斜著揮的。哎呀？

枝元學妹並未介意我的些許誤認，直直地看了過來。

接著，她開口問我：

「沙彌香學姊，妳有女友嗎？」

聲音靜靜地逼向喉頭。

這問題跟之前的有些類似，但相比之前用有沒有交往對象的問法，更加明確地踏入了一步。

掛在眼下，彷彿雲層般的渲染被掃開了。

直到現在，我才在意起空調有些吵鬧的運轉聲。

這問題讓我有點煩惱該怎麼回答。有很多方法可以帶過去，而且我已經想到三種，然而並不保證能讓事態變得圓滑。更重要的是——

我有預感，這個瞬間遲早會來。

知道這點的我，與枝元陽相遇了。

我放棄迴避回答，正面面對這個問題。

「這種的，光看就知道了嗎？」

「多少知道喔。」

枝元學妹稍稍笑了。

「有點接近看著遠方的鳥兒，大概分辨得出是哪種鳥的感覺吧。」

「那並非憑藉感覺，而是紮實的知識造就的吧。」

知識——我過去所依賴的事物。我認為只要具備知識，一切就會很順利。

即使學到這只是一種幻想，我仍認為知識非常重要。

而在我的知識與經驗之中，並沒有像這樣邊喝酒邊進行的對話。

「或許跟每天對著鏡子看到的自己有某些地方相似吧。」

「是這樣嗎？」

如同我看著枝元學妹，也能淡然地感受到某些事物，以預感的形式理解了這點，我想應該就是這種感覺吧。有點難以精確地說明……看著某些東西，產生了好感，這樣的感情又化作與其他人有那麼一丁點不同的動作，展現而出。

如此細微的差異一如枝元學妹所言，彷彿照鏡子般在訴說著什麼。

「所以呢，學姊有女友嗎？」

枝元學妹再次確認。而我並不需要對她這麼做的理由想太多。

只不過她仍未完全表現出來。

「現在沒有。」

「現在……意思是之前有過？」

我認為面對這種問題，不需要一一照實回答。

如果是平常的我，應該只會嘻嘻哈哈地帶過去吧。

不過眼下我腦中的空檔意外地多。我心想該不會是這個害的吧？瞥了一眼手上的玻璃杯。明明沒喝多少，卻有種眼底深處輕飄飄的感覺。

「之前，嗯，有過。我交往過的對象只有那一個。」

高中時期，我伴著長達三年的單相思一同度過，這樣的心情美麗而直接，是沒有與任何人連接上的一條線。沒能連上她而一直牽引到現在的線，眼下即將重疊。

雖然多少有受到冷氣太強影響，總之我的心情彷彿被丟到寒天當中。

「是怎麼樣的人呢？」

「……這個嘛……」

不是問喜歡的對象，而是交往對象的話，就會一口氣跨越更多年。

跨過高中時期，來到國中，是一段與這啤酒相比，不知何者更為苦澀的時光。

我不太想詳細說明對方是個怎麼樣的人，因為比起好的方面，壞的占據了更多。

「大致上與枝元學妹妳正好相反。」

輕飄飄，肌膚白皙，言行舉止與外表有種茫茫然的感覺。

倘若無法點到這裡為止，再說下去就是壞話了。我差點要皺起眉頭。

「也就是說，呃……雖然我有點害怕問這些，但是個可愛的人？」

「長相啊……嗯，是個美女。我想我應該喜歡長得好看的人。」

妳是在怕些什麼啦？

「也就是說我——」

「啊……我覺得妳很可愛。」

我理解到枝元學妹擔心什麼，不禁笑了。確實會擔心這點吧。枝元學妹摸了摸自己的臉說著「可愛啊」，接著與我對上眼。

「可愛是吧？嗯，確實之前也有人這樣說過。」

「……前女友嗎？」

只有自己一直被問，讓人有點抗拒，所以我試著反問她的痛處。枝元學妹的反應一如我預期，稍稍扳起了臉。明明喝啤酒都不會這樣的。

「現在沒有女友就是了。」

「跟我一樣。」

枝元學妹打趣地說「是吧——」表示同意。

「不過……嗯～哼……美女啊，交往不順嗎？」

「嗯，是啊。」

因為那個人跟我的戀愛對象沒有吻合，當然不可能順利。

即使如此，我仍喜歡上她……不過，比起喜歡她的時間，討厭她的時間要長得多。

學姊對我來說，已經變成那樣的對象了。

枝元學妹一口氣喝光杯中飲料。

「那，妳跟我也許可以很順利。」
放下玻璃杯的學妹四肢著地移動，繞過桌子。
然後接近了我。
彷彿比起任何人都更靠近我身邊那般。

「因為我現在喜歡妳。」
她最後用這句話替自己坦承的內心想法收尾。
眼前的枝元學妹如字面所述，只有一半進入我的眼底。
剩下一半讓我茫然地回想起國中時光。
被她這麼說，而且彼此距離還像這樣靠得這麼近。
以及——
「啊，妳瞥開眼了。」
「當然的吧……」

整個世界裡，眼中只有彼此的距離什麼的，並非凝視朋友的距離。又是認可我的長相的眼光，是稱讚我長得好看的視線。

當然很難直視。

枝元學妹低調的告白從我錯開的視線之外傳來。

「呃，那個……我喜歡妳。」

「謝謝……」

身體之所以發熱，是因為酒精造成的嗎？我的體溫上升，另一方面卻又覺得思緒彷彿被拋下那樣遠去，凝視著嶄新事態發展。

或許是因為我睽違許久地想起了被柚木學姊告白時的狀況吧。

我像是無法承受內心與身體的溫度，一股感覺倏然地竄過肌膚。

我垂下眼，看到枝元學妹按著地板撐住自己身體的手臂正無力地晃著，似乎輕輕一撥就能讓她跌倒。看到枝元學妹這麼緊張，我的注意力也跟著被攪混了。

我暗暗有股預感，這一刻遲早會來臨。

即使有著這樣的預感，我心中仍不怎麼排斥與她相處。

我有所期待嗎？
期待什麼？
一段新的戀情？
抑或是擁有與我同樣眼界的理解者？
錯開的目光有如躲在牆後窺探般輕輕轉動。
枝元學妹仍近在眼前。
好似掛在夜空，大得異常的滿月。
「我呼氣沒有酒臭嗎？」
我對著紅紅的鼻尖這麼問，想凝視她，發現景色一片模糊。
「有一點。」
「儘管我不覺得自己有喝多少……酒真是不得了呢。」
如果直接接吻，就會變成共享彼此的酒精味道吧。
我心想，這樣或許也滿好玩的。
不過枝元學妹尚未成年。

雖然她那邊也傳來了酒氣，但她仍是未成年。

一旦意識到這樣的年齡差距，我便驚覺到冷靜彷彿滑過額頭那般，使臉頰的火熱平靜下來。

「可以讓我考慮一下嗎？」

霎時彷彿看見了有著噴水池的中庭景象。在這樣的幻象中——

我正面凝視著枝元學妹，希望能保留這個回答。

「嗯。」

枝元學妹邊回答，邊按著地板彈開般的後退，隨即彎著背坐下。支撐身體的手臂關節不安定地顫抖著。

「首先我想說，妳沒有馬上拒絕，讓我安心了點。」

我從枝元學妹卸下緊張的臉孔得知她所說的安心應該不是謊言，我也有著類似的心境變化。不知是這樣的鬆懈使然，還是因為停頓了一段時間造成的，總之我不禁把罐中液體倒進了喉嚨。

「喔。」

剩下的量比想像中多，我邊睜大著眼邊喝下它們。

果然，自舌尖至通過喉嚨為止，全都只有苦澀。

有種酒精竄過血管的感覺，在通過的路徑上留下奇妙的存在感。

這種東西究竟有哪裡好？剛滿二十歲的我實在無法理解。

大人似乎也有稚嫩與老成之分。

「總之，我先回去了。」

我輕輕用手帕擦了擦嘴角，告知要返家的訊息。

我想一個人在房間好好思考。

沒錯，我肯定得再次好好想清楚。

這樣的時期又一次造訪。

腦海與眼中漸漸模糊的事物，是對於沉浸在思考之海中的抵抗呢，抑或單純是酒精造成的現象？一起身，我便感覺到意識宛如流汗般往下流去，就這樣茫然地向前走。

儘管昏昏沉沉，但腳步似乎很明確地走向玄關。

「妳沒醉嗎？腳下沒問題？」

我雖然想要回答沒事，卻還是在回答之前先試著確認。我往前踏、往後踏地切換腳下動作，卻在因為動作順暢而準備回答沒問題時，踉蹌了一下。

我用手扶著牆壁支撐身體，沒有立刻伸直膝蓋，而是緩緩地呼氣。

「妳喝醉了，對吧？」

「沒事。剛剛應該是別的原因造成的。」

我凝視著原因來源。察覺到這點的她害羞地搔了搔臉頰。

「對不起。」

「妳不需要道歉吧。」

直到這時候，我才總算能輕輕呼一口氣，隨即笑了。

「該怎麼說……雖然這不是明確地回覆妳。」

我在甚至連視野的一半都沒有納入枝元學妹的情況下表達謝意。

「有人願意說喜歡自己，原來是這麼令人高興的事。」

我努力地以不太能好好運轉的腦袋，正確地傳達了剛剛才明白的事情。

毫無餘力矯飾，難得一見的率直情感就這樣表露而出。

儘管用詞可能有些彆扭。

以枝元學妹的鼻尖為中心的紅潤擴散到她的臉頰與耳朵，讓我不禁感佩，原來表達好意的方式也有著千百種。透過舉止、聲音、眼光移動，甚至連臉色都能夠表達。

枝元學妹似乎是深刻而鮮明地喜歡著我。

好意如此甘醇，彷彿要填滿我。

但抱持懷疑態度看待這份喜歡的自己也確實存在。

啊啊，我不禁想要抱頭。

再也不想見到面的學姊，竟然到現在仍像這樣活在我的心中。

只要意識存在，回憶永遠不會消滅。

「回家路上小心喔。」

「沒問題的。」

「妳的語言能力變得有些堪憂就是了。」

「真的沒問題。」

我懷抱著討厭的學妹回憶離開枝元學妹住處。如果是冬天，一接觸到外界空氣，應該就能冷靜一點吧。然而十分遺憾，夏天毫不客氣地黏乎乎打上臉頰。

強烈的日照化身為力量強大的手腳，伸出，擊倒我。

夜晚還很遙遠，現在是仍帶著淡淡黃色的午間。光線與酒精互相對抗，刺痛著肌膚。我先休息了片刻才行動，以詭異的動作走向樓梯。下了一層樓梯後，一股感覺重重壓上來，好似壓在身體深處與肩膀上那樣，平常不會意識到，確切的重量。

重力伴隨著輪廓入侵我的世界。

走下地面後，我才因為漸漸發生在自己身上的狀況而羞愧。這應該就是所謂的喝醉了吧，感覺天旋地轉，大部分的感官都打轉著，最困擾的是雙腳好像埋進地面一起旋轉般的錯覺，一恍神便覺得城鎮保持著水平狀態開始轉圈。

因為生日而得意忘形的結果，就是大白天成了醉鬼。

「如果被小糸學妹、小綠、愛果……燈子瞧見了，應該會被笑一輩子吧。」

我抬頭仰望公寓，或許應該在枝元學妹的住處休息一下再離開。

但被枝元學妹知道就沒關係嗎？當然有關係，可是她橫豎已經知道了。

對彼此而言，今天應該都是難忘的生日吧。

而枝元學妹與我之間存在著非常正經的問題，如果夾雜喝酒什麼的話題實在失禮，應該吧。所以我還是該直接回家，並且快點好好思考。

我就是個正經八百的人。但我覺得正經也算是一種美德。

我很棒。

自讚明明很愚蠢，卻給我一種輕飄飄的舒適感。

我差點要傻笑起來。

到了這一步，我才總算認同自己醉了。

並且因自身想法有夠亂七八糟而傻眼，甚至有點害怕。

我在心中發誓暫時不碰酒了，感覺自己好像變了個人。

只是那麼一點點液體混入體內，就可以徹底改寫我這個人。

恐怖的是酒精的侵蝕能力。

為什麼大人喜歡喝這種東西啊？是因為想要追求跟過往不同的自己嗎？

警告與哀號出現在彷彿開始凝固而變得沉重的腦袋深處。

……啊啊，不過，這跟那個很像。

對，那個。

困難的事情現在無法進入我的腦海。

我所知道的，只有枝元學妹的心意。

回想起枝元學妹那瞬間泛紅的臉頰，我不禁心想「確實是呢」並笑了。

沒錯，我知道。

無論是怎樣寬廣透明的大海，只要一滴就能讓一切染成那樣的色彩。

我知道，那就是戀愛。

起錨

Bloom Into You:
Regarding Saeki Sayaka

『啊，因為生日嗎？』

『如何？』

『聽說很苦。』

『習慣之後就會變得好喝……』

『吧？』

『我昨天喝了酒。』

『跟朋友一起。』

『對。』

『我喝了啤酒。』

『沒錯。』

『確實很苦。』

『那味道我不會想再喝一次。』

『暫時不必了……』

『我生日在二月，還早。』

『我知道。』

『妳現在比我小呢。』

『沙彌香是夏天生的，我則是冬天。』

『不覺得相反嗎？』

『是嗎？』

『唔——』

『說是這樣說，但我身上也沒什麼夏天的感覺。』

『是啊。』

『會聯想到春天。』

『為什麼是春天？』

『因為我在春天遇見妳。』

『啊哈哈，真直接。』

『沙彌香很穩重。』

『給人冬天的印象。』

『我不是穩重……』

『嗯。』

『就這樣吧。』

『妳這說法讓人有點介意耶。』

『不過，喝酒啊……』

『有機會想跟沙彌香一起喝酒呢。』

『有機會吧。』

『嗯。』

『那樣的機會能到來就好了。』

我茫然地聽著之前沒有開放的二樓傳來的聲音，便聽到杯子奏出的樂章。

在我趴著時，點單的咖啡已不知不覺送了上來。

而身為店長的都姊笑容也出現在吧檯的另一邊。

「臉色很差呢。」

有明顯到一眼就可看出來的程度嗎？咖啡杯飄出的香氣勾勒出都姊經營的咖啡廳輪廓，原本不甚鮮明的視野漸漸變得清晰。

「有什麼煩惱嗎？如果我可以幫妳就好了。」

「唔——嗯……」

「妳怎麼一臉頭很痛的樣子？」

「是的。」

見我如此肯定，都姊露出驚訝的表情。或許她只是比喻，但對我來說，確實是字面上的意義正困擾著我。

「我的頭一直在痛。」

我按著額頭說道。

「哎呀，熱感冒？」

我搖搖頭。原來如此，因為我臉色差，她誤會到那方面去了吧？

但實際原因有點難為情。

「我想應該是昨天喝酒造成的。」

由於我只具備相關知識，不確定是否掌握了正確的症狀。

不過從一早起來就不斷頭痛與倦怠來看，應該是——

「這是宿醉嗎？」

「應該是。」

都姊綻開笑容，回答我的疑問。她先離場，接著準備了些東西回來。

「總之先用這個吧。」

咖啡旁邊放了一杯水。我拿起來仔細一瞧，覺得以水而言它有點渾濁；輕輕喝了一口，發現那並非水的味道，有點甜，是即使不熟悉卻仍嚐過的味道。

「所謂運動飲料，可以補充鹽分與糖分喔。」

「謝謝……」

沒想到竟然會端出這個給我，是她自己要喝的嗎？

我一點一滴地啜飲玻璃杯中的液體，確認了一下時鐘。
距離被枝元學妹告白還不到一天。
從她的住處回到家後，我躺在房間的床上，就這樣失去意識直到早上。雖然沒在半夜不上不下的時間醒來實在令人感激，但客觀而言，我就是喝了酒回家後一路睡到早上，真是大膽的二十歲出道。
我先是洗了個晨澡，等平靜下來之後才意識到那種頭部緊縮的痛楚，直到現在。
都姊開心地窺探著我的狀況。
「妳是第一次喝酒嗎？」
「嗯，仗著慶祝生日的名目。」
「哎呀，生日快樂。」
都姊很簡單地祝福了我，目光逡巡。
「唔──」
「請問怎麼了嗎？」

「我煩惱了一下要不要請妳那杯咖啡。」

「妳有這份心意就足夠了。」

比起這個……我放下玻璃杯，抬起臉。

「該說我希望妳聽我說說話嗎？」

之前好像也有過這樣的狀況、這樣的景象。雖然說是之前，事實上已經過了一段不短的時間，都姊卻仍一如往常地穩重。我抬頭看著她。

「嗯哼……」都姊環顧店裡，以前不曾看過的客群填滿了座位。

「可以等人少一點之後嗎？」

「好的。」

「儘管妳宿醉中，但不好意思，要請妳等等了。」

雖然我想否認這與宿醉無關，但一動起腦又覺得深處傳來刺痛，看來關聯甚劇。儘管我覺得頭暈目眩應該不只是酒精造成的，卻不能否認自己喝得太隨便。

要是平常的我，應該會在開喝之前先研究一番才行動。

我可能也有些興奮吧。

在這之後，我乖乖地等著都姊忙完。店裡客人很多，我只點了一杯咖啡就待這麼久，其實有點不好意思。以前都姊說過夢想是把生意做大，她的夢想是否已經充分實現了呢？我隔著咖啡杯看著這般景色時，忽然想到。

至今我是否實現過什麼夢想呢？

等待的過程中，頭痛也比較緩和了一點。如此一來，應該不會影響等等我要提起的正經話題吧。

「久等了。啊，關於喝酒，先吃點東西再喝比較好喔。」

都姊邊擦手邊回到我面前，同時給了一句我並未請教她的建議。

「我應該暫時不會再喝了。但還是謝謝妳……」

「我第一次喝醉的時候也這樣想。」

會覺得這樣笑著的都姊更加成熟的我，身上或許仍留有孩子氣的部分吧。

不單是小孩與大人的差別，即使是大人，想必也有很多階段之分。

正因為我認為她是這樣的人，才會來到這間店。

我邊捧著咖啡杯，略垂著頭說道：

「前幾天，我被人告白了。」

「哎呀。」

說完之後，我才想到怎麼會說是前幾天，不是昨天嗎？但這種細節部分省略倒也無妨。

都姊的身體稍稍前傾，擺出聽我說話的姿勢。

「對方是？大學認識的？」

「嗯，對方一年級，所以小我一歲。」

「可愛的嗎？還是美女型的？」

由她的問法與笑容來看，兩者想必都能聯想到特定的範例對象。

從跟我一起造訪過這裡的對象推敲，心裡應該很快就有底了。但枝元學妹與兩者都不甚相似。況且她似乎以向我告白的是女生這點為前提。不過這也難免，我心想。

畢竟若對象是男性，我應該不會煩惱。

「要二擇一的話，應該是可愛吧。」

而我至今喜歡上的對象都是美女型。

枝元學妹的狀況又如何呢？之前雖然曾在學校撞見她前女友，卻只是瞥過一眼的程度，想不太起來對方長什麼樣子。仔細想想，我對於關心對象的程度有著極端差距。

有興趣的事物會記得清楚到令人驚訝；反之則朦朧不清，就這樣流逝在腦海中。

「妳之所以煩惱，是因為並不討厭她，對吧？」

「這，是的。」

差點要說出「甚至——」時，我停了下來，只覺得疑惑。甚至什麼？差點脫口而出的話語是「甚至」嗎？我並不覺得自己懷抱著這樣差點說出口的好意啊。

「……我國中時曾經被告白過。」

「真受歡迎呢。」

被揶揄了。其實我在高中時期也被告白過很多次，但這不是重點。

「當時我在不懂喜歡是什麼的情況下跟對方交往……雖然後來真的喜歡上對方，結果卻仍舊不順利。是對方跟我告白，也是對方甩了我。」

所以我才會對她人的好意抱持懷疑吧。

自己明明輕易地就喜歡上他人。

在這方面，我應該是相當寬以待己的。

「妳是想說可能又會變成那樣？」

「有一點。」

祖母以前曾經說過，但凡失敗過一次，便會在奇怪的地方變得聰明且膽小起來。

現在的我正是如此。不過……

變得聰明肯定不是壞事。

「只不過這次是比較積極地煩惱著……雖然這說法有點怪，但感覺就是這樣。」

總覺得一定跟當時有些什麼不同之處。而我也想認為這些不同之處，代表我的知性增加了。

「嗯。」

都姊的回應十分溫柔，這點從與她相遇起便從未改變。

雖然偶爾有點壞心眼。

「妳儘管煩惱吧。我認為妳這樣認真的態度充滿魅力。」

「謝謝。」

這種輕易出口的稱讚聽起來很舒服，給我一種她長於稱讚人的難得感覺。

或許因為她從事服務業吧。

「雖然算不上幫妳出主意，但能說說也會比較輕鬆吧。」

「是的……」

實際上我也認為是如此，都姊並沒有特別給我建議。

即使是動物，一直被關在籠子裡面仍會有所不滿。

意志是活的，不可能永遠關起來。

「是說大學啊……已經變成令人懷念的場所了呢。」

都姊雖然彎著手指數數，但途中似乎察覺了什麼而停下來。

接著快活地對在場始終看著她的我笑了。

「啊哈哈哈哈。」

「啊哈哈……」

她誇大地笑著帶過去。

「話說，有個人曾說過不交往看看不會知道，於是付諸行動了呢。」

「……箱崎老師嗎？」

都姊沒有直接回答，彷彿回顧般笑了。

「真是充滿青春呢。」

被她這樣稍稍挖苦，讓我覺得有一點對不起青春這種形容。

因為年紀。

「青春不是只會算到高中左右嗎？」

「大學生也沒太大差別吧。」

到了都姊這種年紀來看或許如此吧。

「真要說起來，我也覺得自己正享受著青春呢。」

「這個……呃，您真年輕。」

「我開玩笑的耶……」

彼此陷入皮笑肉不笑的尷尬氣氛之中。

大學生也沒什麼差別。

我心想真的是這樣嗎？嗯，確實。

自己在高中與大學之間的差別，並沒有那麼明確的劃分。

在大學校區內，理所當然會撞見說喜歡我的學妹。

「嘿、嘿唷。」

枝元學妹急忙問候我。我邊回她「早」邊有些困惑。

她平常是這種態度嗎？

「早安……」

儘管她尷尬地低頭示意，但這感覺仍與至今為止的枝元學妹不同。

彼此在正門附近停下腳步，暴露在夏季日曬下，加深了混亂。

「唉，不是這樣吧？呃，我平常都是用什麼態度應對的啊……」

枝元學妹苦惱著皺眉，歪了歪頭。

「一如往常……啊，我就是在煩惱一如往常是怎樣吧？」

看她這樣煩惱，連我都差點忘了之前的關係究竟是如何。接著，我慢了幾拍才意識到自己被她告白了。雖然我說會考慮，實際上也考慮了很多，答案卻尚未明朗。可是一碼歸一碼，我們還有大學生活要過。

話雖如此，當我們並肩而行時，確實帶著一點尷尬。

「沙彌香學姊，妳在那之後平安回到家了嗎？」

「嗯，沒有發生什麼狀況。」

我稍稍逞強地說謊。其實連是否平安都很曖昧，因為我不記得過程。

我上了電車，坐下之後便快要失去意識，覺得景色一下發光，一下消失。配合列車的搖晃，感覺自己好像在半夢半醒之間遊蕩。所謂毫無知覺就是這樣嗎？

當我自嘲著自己成了糜爛的大學生時，察覺到視線。

四目相接後，抬眼看著我的枝元學妹漸漸增添了色彩。以臉頰為中心，添上了淡淡暖色。

與夏天不同的溫暖也傳達到了我眼裡。

「怎麼了嗎？」

「怎麼了嗎啊……確實是怎麼了，心裡想的事情全被知道了。」

「的確。」

被直接這樣說，彷彿連我都有種陷入同樣心情的感覺。

「心思直接攤在喜歡的對象面前，其實相當害羞呢。」

「……也是。」

高中畢業後我之所以不太與燈子碰面，也是基於類似這樣的簡單理由吧。雖然要承認並面對這點並非那麼容易就是。

「在收到妳的回覆之前，我們是不是不要見面比較好啊？」

「這個嘛……」

我不知該如何回答才好，所以一直做出類似的反應。即使這樣問我，我也……
嗯，很困擾。

因為我也還在煩惱。

既然會煩惱，至少心態上就不是想否定。這點都姊也對我說過。

沒錯，我不是否定，而是停下腳步警戒著。

我早已知道自己在警戒什麼，因此才會更加認真看待。

認真，卻無法立刻得出答案。

我自認已經學到了很多。

即使如此，接觸過各式好意的我，如今——

重新拾起五花八門的事物，比較著，思考著。

喜歡，究竟是什麼？

『妳明天會來學校嗎？』

『會啊。』
『有什麼事嗎？』
『我很樂意！』
『啊啊不過等等我可以高興嗎？』
『等等等是要講那個嗎？』
『啊啊啊啊啊啊啊啊！』
『怎麼可能冷靜？』
『無法無法。』

『我有話想跟妳說。』
『可以碰個面嗎？』
『妳冷靜點。』
『我是打算要講那個沒錯。』
『無法的話就——』
『放棄吧。』

『學姊也切換得太快了吧。』

『不過要說平常是不是很穩重。』

『我應該就不是吧。』

『的確。』

『那，明天見。』

『咦咦咦咦？』

『今天不是還有六個小時嗎？』

『明天好遙遠……』

『放心吧。』

『我想不算是那麼糟糕的事情。大概。』

隔天，我看到臉色不太好的枝元學妹跑了過來。即使她的臉色明顯表現出身體狀況不佳，奔跑起來的感覺卻仍一如往常，那股不知道萎縮為何的活力甚至讓人覺得可靠。
「午安。」
「還不到中午喔。」
她的舉止僵硬得像是混了太白粉，手肘彎成直角，伸出的手臂宛若旗幟般輕飄飄地搖晃。最後似乎連揮手的力量都沒了，只見她尷尬地放下了手。
「妳的臉好糟。」
「過分。」
「……我是說臉色很差。」
聽到我稍稍訂正，枝元學妹安心地摸了摸胸口。這樣就好嗎？
「因為我幾乎沒睡……雖然有靠化妝掩飾，但一流汗就沒有意義了呢。」
枝元學妹毫不掩飾疲態，打哈哈地笑著。
「總覺得我應該說過很多次了，妳可以不用這麼慌忙。」
「我不認為自己慌忙，只是想要追上情緒，於是自然而然地跑了起來。」
她以自己的方式說明了之所以急躁的理由。這是與我不太有緣分，早就失去的理由。

自然而然跑起來什麼的，我可能要追溯到小時候追著貓跑的時期了吧。

枝元學妹彷彿要越過什麼般跳著過來與我並肩，隨著她的動作，清風緩緩地吹拂著我。我在這之中我感受到一股異常，不禁扳起臉。

「……妳身上有酒味。」

「咦？」

我首先指出這點，學妹則不好意思地別過眼光。

「我想冷靜一下，於是忍不住……畢竟冰箱裡面放了啤酒嘛。」

「喝了那種東西，情緒反而會更混亂吧。」

這就是人們所謂的睡前小酌嗎？但看她的臉色，效果應該不太好。

「而且妳這個未成年的不可以喝太多吧。比起顧慮社會上的規矩，我更希望妳保持健康。」

「不，我沒有那麼常喝喔。」

枝元學妹急忙否認。依她的年紀，要是常喝肯定是個大問題。

「我明明跟妳說過不是壞事了。」

「妳這樣說，我反而更睡不著了啊……『不算是』的部分尤其讓我在意。」

儘管嘆息著，但睡眠不足似乎沒對枝元學妹造成太大影響。她走得比我快上許多，動作也很輕巧，像一條狗那樣繞到我前面。

「不過我確實很開心。」

我以眼神詢問她開心什麼？枝元學妹快樂地笑了。

「因為這是沙彌香學姊第一次問我能不能碰面。」

枝元學妹面向我，往後跨出腳步倒走著。

聲音比夏日烈陽更銳利地衝進腦海。

「啊啊……」

我懂。

倘若自己傳達的情緒太暴衝，會覺得不安，不知該到何處，不知是否衝過頭。如果能收到回應，便能安心地停下腳步。

心離得太遠，會漸漸變得細小而軟弱，無論是由自己遠離，還是由對方遠離都一樣。

我也是這樣平凡而軟弱的人。

「所以我們要去哪？」

枝元學妹一味跟著我走，並詢問我目的地。我當然不打算就這樣去上課，漸漸偏離其他學生的行進方向。

「教室大樓後面。」

「嗯？長椅那邊？」

「人少的地方比較好吧？」

「呃，唔……嗯，是啊，因為我可能又會哭。」

「……的確呢。」

眼淚是情緒到達頂點的表現，無關乎好壞，所以枝元學妹很可能又會哭泣。

我回想著初次相遇時看到她的眼淚，默默地走著。

「好熱啊。」

「真的。」

途中的交談只有這樣。

我們來到慣例的長椅處。說是慣例……其實也不到慣例的程度。但我和枝元學妹在此相遇，有種反覆著繞了一圈之後又回到這張長椅來的感覺。因為是我們相遇的場所，也可以算是起點吧。

我挺直背坐下，看著眼前的景色。

與之前圍繞此處的自然風光有著不同風格的綠意，以及呈現季節感的熱度。

我與學姊在中庭，與燈子在學生會，與枝元學妹在這教室大樓後面的長椅邂逅。

在離開那些身為開始，同時是結束的時刻，我——

這次真的可以不必流淚了嗎？

「在回答妳之前，我可以先問一下嗎？」

「請、請說。」

枝元學妹挺起了手臂與背部，一滴汗珠流過她的手臂。

很適合她那曬過的肌膚。

「妳為什麼喜歡上我？」

或許是因為陰影遮住了長椅，我覺得自己的聲音聽起來有點冷漠。

我不知道枝元學妹是怎麼接收的，只見她的臉稍稍泛紅了。

「這算那個……是要確認我的心意是否誠懇嗎？」

「單純出於好奇。」

我想了解枝元學妹對於喜歡是什麼的看法。她搔了搔頭說：

「為什麼啊，很難回答耶……呃，一見鍾情？」

「一見鍾情。」

我不禁復誦。枝元學妹急忙揮手，要我別這樣。

「應該就是看上妳的臉了吧。」

「……嗯哼。」

這我很能理解，並在完全接受之後感到有點害羞。我用手指撫過臉頰，心想原來是這張臉啊。

「原來如此。」

「就是這樣……」

枝元學妹有些坐立難安，像是在等待我後續的表態。

我有強而力地睜開眼，直勾勾看著她。

「那，我要說了。」

「嗯……」

「老實說，我現在還不到喜歡妳到無法自拔的程度。」

我想她應該也能感受到這點，於是先從這點提起。

但……

「咦？」

枝元學妹一副晴天霹靂般的樣子，大大吃了一驚。

「我才要驚訝呢……妳以為我喜歡妳到無法自拔嗎？」

或許是被這麼說覺得不好意思，她扭動著身體。

「不……我也沒自信到這種程度……啊，不過如果不是這樣也傷腦筋耶……」

枝元學妹「唔唔唔唔」地開始糾結……話題整個被她帶走了。

我有點不知該如何是好，這時候該先當作沒這回事，繼續下去嗎？
感覺枝元學妹會一直自言自語地嘀咕下去，應該無法期待她能改善狀況。
我等了一會兒，蟬一如既往地鳴叫著。天空很高，雲朵呈現無法抵達天際的狀態飄游。
「……………………………………」
我決定當成沒發生過。
「之前也有過這種狀況。而我真的喜歡上對方了。」
因為我突然拉回話題，枝元學妹也不再糾結，回過神來。
「……之前交往過的對象吧？說跟我正好相反那個。」
我稍稍頷首。
「當時我並不明白所謂喜歡是什麼，因為想知道，才在連將來會如何都完全不明瞭的狀態下，想說與她交往看看。這理由可能很不正當，但契機確實是如此。而我覺得現在的狀況跟當時非常相似。」
儘管對象完全不同，狀況卻相似。真是神奇。

每個人都會走上不同的道路，只要順著這些路走，或許會無法避免遇上相同的狀況。

「呃，所以說？」

我想，她的好意一定不帶虛假。我很清楚，也想要相信。

然而，我仍無法完全放下當時的惡終。

因為到了最後，我對學姊的好意應該也不帶虛假啊。

我甚至會想，說不定這次會變成我是背叛的那一方。

我的手就像這樣在空中亂抓。

無法接近，但也無法遠去。

停駐在不上不下的尷尬處。

「雖然還不打算交往，總之我們試著相處看看吧。」

說完，蟬鳴像是集中至耳後般，一口氣加重了音量。

聽我這麼說的枝元學妹起初似乎無法理解，整個人僵住了。

我竟然不要臉地說出這種話，有可能會被她拒絕。

「當然，前提是妳願意。」

甚至還加上這種像是藉口般的但書。

「我應該高興……嗎？」

「交給妳決定。」

我覺得自己這樣的態度有點難搞。

枝元學妹雖然有點向前傾並眉頭深鎖，卻在隨後伸直身體時笑了。

「有點像是試用品吧。」

「試用品？」

「啊，應該算是試用期吧？『如果滿意，煩請繼續愛用』這樣。」

「……對不起，我的回覆有點不上不下。」

她這樣往好的方面解讀，讓我實在過意不去。

「我就當作既然不上不下，就代表有機會來這邊！這樣。」

枝元學妹做出「來嘛來嘛」般的招手動作。

「……妳真的很積極向前耶。」

我在她所想要前往的「前方」嗎？

……不，即使不在，枝元學妹也會回過頭來找到我，把她所面對的方向當成前方吧。所謂戀愛，應該就是會改變人前進的道路到這種程度。

「請多指教！」

她毫不遲疑的聲音，讓我即使想曖昧地回笑也困難。

「唔……嗯？嗯……」

「怎麼了嗎？」

枝元學妹扭著頭，快步走著。看她扭得這麼用力，我都不禁擔心她脖子難道不痛嗎？

「就是啊，我不禁思考……」

「嗯。」

「像這樣兩個人走在大學裡，到底跟之前有什麼差別？」

告白過後的隔天起，我和枝元學妹的理所當然仍持續著，周遭也毫無變化。大學仍如此熱鬧，吹送過來的風時而吵鬧、溫熱，世界被蟬所包圍，非常嘈雜。

我與枝元學妹存在於這樣的景色之中，確實找不出差別。

「要是沒有來些什麼實在有點困擾，畢竟什麼都沒有，就覺得好像沒有任何改變。」

「……………………………」

我稍稍想起燈子。

選擇不改變的她，以及回應那樣的她的自己。

彷彿害怕改變那般，變得慎重而膽小的我。

到了現在，我才能略微理解燈子的心情。

「先這樣吧。」

因為我們的課不同。我道別之後，枝元學妹看著她稍稍舉起的右手手指。

我也不禁看向那併攏的手指。

「怎麼了？」

「沙彌香學姊，我超喜歡妳。」

枝元學妹面帶笑容地脫口而出。

景色瞬間如海市蜃樓般搖晃，彷彿太陽在身後擺盪。

這道別還真是熱情。

「怎麼突然這麼說？」

「不，只是為了確認。」

在我問出「確認什麼」之前，枝元學妹已然踏出腳步。

超——我復誦出口，不禁想要手扠腰，別過目光。

儘管不是我說的，湧現的害臊卻非常強勁。

「超～～喜歡～～」

枝元學妹自遠處用力揮手，順便以大音量追加了這句。

「別這樣。」

我的制止聲當然很小，沒能傳進她耳中。

當我直到最後都猶豫著要不要揮手時，枝元學妹已經離開了。這是什麼喜歡大放送，不，倒不如說是沒得到對方回饋的單向恣意妄為……其實我也很恣意妄為，不，其實現在根本是我單方面耍任性。

明明沒有說喜歡她，卻要她留在我身邊。

我這真是把過分的要求壓在學妹身上。

但不能任性地對她予取予求太久；其實即使是短暫時間，也不可以這樣。

在沒能見到她的期間，類似罪惡感的感覺漸漸侵蝕著我。

難道枝元學妹沒有想要責備這樣的我嗎？

「……應該沒有吧。」

看看她的態度，起碼可以知道這點。

若是平常的枝元學妹，剛剛應該只會說聲再見就結束。

但如此一來就跟以往沒有差別。

既然沒有改變，就自發性地改變自己。

她一定沒有餘力考量我這般尷尬的情緒，只是很努力。

我認為她是非常好的孩子。

但這或許是最根本性的問題，也就是我現在並未打從心底喜歡她。

……可是，這樣真的不行嗎？

要是沒有彼此都抱持好感，就不能交往嗎？

戀愛只有這樣一種形式嗎？

所謂完全的好感又是什麼？

我覺得枝元學妹對我的好感與其說完全，不如說很純粹，不像學姊那樣隱藏在不明瞭的事物後方。所以回應她的好感，一定會很舒暢吧。

我們肯定能建立非常舒服的關係。

儘管我明白，卻仍持續與她的好感大眼瞪小眼。

為了這次不再失敗。

……如果會失敗，不如一開始就別這樣的想法瞬間閃過。

然而倘若我真心這麼想，應該立刻回絕就好。

不同於深深鑽入洞穴中般的答案，我想發掘出這樣的事物。

不帶昏暗，明亮的事物。

我像是仰望水面般抬頭看向天際。
瞬間迎接的亮光使我一陣目眩，只好用手遮出一道陰影。
一口氣接納光線的眼底沉重，感覺景色在習慣之前已天旋地轉。
手掌另一邊的陽光混入雲層中，光亮漸漸減弱。
我抓準時機放下手，太陽的光輝減弱到可以用肉眼凝視的程度。
在越過這般光亮的另一端，照理說不可能有答案存在。
無論我得出什麼樣的答案，太陽的光輝想必都不會改變。
雲朵的形狀、天空的蔚藍都不會有任何改變，終將流逝而去。
即使如此，這仍是足以撼動一個世界的深沉煩惱。
一切都是我的心情問題。

回到家之後，我想到一件事，於是久違地打了電話給朋友。
雖然沒有接的話再找機會撥打就好，但電話馬上接通了。

『啊，沙彌香。』

高中時代朋友的聲音，隔著電話聽起來像是別人。

「好久不見。」

『誰打來了？啊，是沙彌香的聲音。』

另一道聲音湊近耳邊。

我理所當然地聽見與小綠同住的愛果聲音。

『沙彌香妳好過分喔——這已經是第三次了。』

「第三次？」

『不是打給我，而是打給小綠啊。』

「啊……呃，是喔，嗯。」

為什麼她算得這麼清楚？畢竟因為她倆總是在一起。愛果想抱怨的應該是既然不管打給誰都可以同時跟兩個人說到話，我卻沒有在這樣的狀況下打給她，總是打給小綠。

被這麼一說，我直到現在才發現「對喔，確實如此」。

高中三年級分班時我跟小綠同班，或許因為跟愛果分開，造成我比較親近小綠，甚至反映在打電話時會下意識地先打給小綠這種先後順序。不過這也有可能只是考量過兩人性格後的結果。

而這樣一丁點的契機就會產生差距。所以說人際關係真的很神奇、有趣，且大意不得。

「要是打給愛果，常常會被扯開話題啊。」

『確實是這樣呢。』

因為她本人也乾脆地承認了，這個話題便到此結束。愛果說起話來總是突然開始又貿然結束。

應該只有小綠跟得上她的步調吧。

「是說，我有件有點奇怪的事情想拜託妳們。」

『奇怪？喔——很好，我有點好奇奇怪的沙彌香會是怎樣。』

『我懂，因為我們平常只會看到正經八百的沙彌香嘛。』

總覺得她們說得很不客氣。正經八百的我是什麼樣？說起不正經的我，只要回顧飲酒過後的狀況便可得知；但現在只有枝元學妹看過那樣的我。

「那我要說了。」

『我也會努力給妳奇怪的回應。』

『妳不用努力也很怪啦。』

我邊同意小綠的說詞，邊清了清嗓子。儘管我們很熟，但要拿這件事來拜託朋友依舊有點害羞。不過如果不是朋友，這樣定位的對象會更害羞。

我想知道的就是那樣細微的差距。

「我想聽妳們說喜歡我。」

說了之後，我才覺得這請求真是傲慢。

或者可以說聽起來很飢渴。

「當然，如果妳們不喜歡我，我只能先說抱歉。」

『啊，沒有不喜歡啊。呃，所以要我說嗎？』

『還是要我說？』

「……總之小綠先說吧。」

『我被甩了——』
不知道小綠對嘆氣的愛果做了什麼，我只聽到毫無緊張感可言的『喝——』
『嘎——』聲音傳來。
有點在意。
『那，我說了。』
小綠先停了一拍，嘀咕了一聲『好害羞喔』之後——
『沙彌香，我喜歡妳。』
「……謝謝。」
朋友送出的可貴喜愛，有如春風來到我身邊並拂送而去。
淡淡地，並未停留在我內心。
『啊，妳剛剛出軌了。』
我差點因為愛果的反應笑出來。包括小綠接下來的對應方式，我真的忍不住。
『這是她拜託的，不是出軌。說起來根本算不上出軌吧，出什麼軌？』
『嗯，我想小綠應該沒有說過喜歡我之類的吧。』

『呃……啊……沒有吧。』

『應該。』

熟了之後，常會發生這種省去刻意說出口的情況。

我也搞不清楚跟家人之間究竟有多久沒像這樣說喜歡了。

當然，前提是我們仍喜歡對方。

不過就像人們不會疏於檢查設施、設備的狀況那般，我們或許應該也要更積極地確認彼此的情感。

儘管知道內心想法與心情根本看不見，但我還是太淺慮了。

感情是活的，確實會像空氣那樣流動。

就像燈子也是在不知不覺間喜歡上小糸學妹，離開了我身邊。

『啊，對了。欸欸，沙彌香，妳說喜歡我看看。』

「咦，我嗎？」

這回換成愛果要求我。當我困惑時，小綠出言吐槽：

『妳才是正大光明地出軌喔。』

『啊，我只是剛好想到……』
『妳不要想到什麼就說出口啦……』
「…………………………………」
我也說嗎？總覺得這樣應該也不錯。
「愛果，我喜歡妳。」
雖然是自己先拜託的，我仍有點害羞地忍不住想說朋友之間在搞什麼啊。
『不錯耶——』
愛果完全沒有害羞的感覺，非常滿意。
『小綠也說吧。』
小綠以無奈的聲音回應一副像是討零食吃的愛果。
『我不是很想。』
『咦，妳不喜歡我嗎？』
『呃——不，喜歡是喜歡啊。』
小綠之所以一副覺得很麻煩的態度，應該是想掩飾害羞吧。

『傷腦筋耶，我被兩個人告白了，不可以腳踏兩條船吧，嗯。』

『不可以喔——』

小綠已經放棄了。

「妳們還是忘了我，兩個人去追求幸福吧。」

『怎麼連沙彌香都胡說八道。』

『嗯，我知道了，我還是回應小綠吧。』

『哎呀好開心喔。』

聽小綠講得完全沒有抑揚頓挫，我差點大笑。

跟她們聊天讓我想起高中教室的狀況，時光流轉。

我嘀咕了聲「我被甩了」，當然這之中只有幾乎等於透明的清爽情緒。

我明確地意識到確實不同。

她們跟枝元學妹不一樣。不，應該說枝元學妹跟她們不一樣。

朋友的靈光一閃在意料之外的形式下帶出答案給我，我覺得愛果常常這樣。雖然感覺她什麼都沒想，不，即使她真的沒想太多，但可能也看清了些什麼吧。

『沙彌香，對不起，我也喜歡妳家的貓喔。』

「是嗎？回頭我會告訴貓。」

這可能只是我高估了朋友。

『啊，貓真好。欸，小綠，我也想跟貓一起生活。』

『這邊禁止養寵物。』

『不需要現在。之後，等到大學畢業後嘛。』

『畢業之後也要跟妳一起……這樣嗎？或許會這樣吧。』

『我會決定貓的名字，要是給妳取，感覺會取成武將名。』

『……如果我要養寵物，應該想養鳥吧。』

『咦——為什麼？』

『為什麼喔？畢竟我喜歡鳥啊，而且我已經受夠像貓的生物了。』

『鳥只是身上羽毛多而已耶。』

『我不懂妳是在而已什麼，貓也不過就是長了條尾巴而已啊。』

「那個……」

『不，還有耳朵啊，貓耳，這樣這樣。而且小綠妳啊──』

「我可以掛電話了嗎？」

『再等一下。』

為何？

結果我又默默聽了她們對話將近二十分鐘。

沒有意義、吵鬧，但並不無聊。

「學姊，我超喜歡妳。」

「這麼喜歡用超啊。」──（註：原文為一語雙關，另一種含意是「我超喜歡妳呢」）

我也漸漸習慣這種突如其來的告白了。

「咦？討厭啦，學姊怎麼這麼熱情地告白？」

「妳喔。」

「開玩笑啦。」

這天枝元學妹也問我要不要一起吃午餐，我們於是來到她的住處。

頭上頂著空調強力運轉的「喀啦喀啦」聲響，有如代替了蟬鳴。

其實我本來想趁空檔時間去圖書館，但跟枝元學妹一起的話還是不要比較好。重點是當我待在這裡，除非時間真的到了，不然我不會想出去。

大學裡面沒有可以好好放鬆的地方。

「我先聲明，我有正確地接收到妳的告白喔。」

因為她一直說喜歡我，我以為她擔心我沒有理解。

枝元學妹搖了搖頭，表示不是這樣。

「我只是認為不明確的事物會消失，所以雖然覺得非常困難，我仍想明確地使所謂的心情具體成形，甚至到可能讓人誤以為可以親眼看見的程度。」

枝元學妹邊撈著味噌湯裡的海帶芽，邊以一副不是那麼艱難的態度輕鬆說著。不過聽她說得這麼明確，實在會有種應該做得到的錯覺。

感覺她的聲音宛如石頭留在耳裡……有著相應的質量。

「當然，事情可能不會這麼順利，但我也想不到其他的方法了。」

枝元學妹打哈哈笑著帶過。

「……所以才要講超？」

「我想不到其他的了。」

她以按著堅硬牆壁般的感覺重複說道。即使想不到，也能立刻付諸行動。

枝元學妹擁有過多我所欠缺的果斷，甚至讓人覺得危險。

周遭的人對她的好惡應該區分得非常明顯吧。

「多聊了一些，就會覺得妳身上有很多值得學習的部分。」

「是、是這樣嗎？」

枝元學妹聽到這類稱讚也會像一般人那樣害羞，明明還有其他更多值得害羞的部分。

「但如果一直學習，我可能也會變成跟妳一樣。」

「啊——這有點困擾。」

面對我的玩笑，枝元學妹仍認真地表現出困擾。

「我喜歡現在的沙彌香學姊啊。」

枝元學妹隨口說出的好意，卻令我有點在意。
「現在的我是指？」
這是連我自己都不太理解的部分。但她說得一副很懂的樣子，我不禁有所反應。
儘管我的問題如此抽象，枝元學妹的回應仍簡潔明快。
「在我眼前所能看見的學姊就是全部了，我沒辦法用其他方式說明。」
比空調吹出的風更強的話語掠過我的肌膚，拂送而去。
枝元學妹繼續說道：
「我覺得已經不必在意對方的內在，或是對方在想些什麼了，因為我並沒有那麼理解對方，也無法真正理解……重要的點在於沙彌香學姊笑了、沙彌香學姊開心……對我來說就是這樣而已。對不起，我不太能說明，不過我覺得自己應該有把心中所想的表現出來。因此，我喜歡現在看得到的沙彌香學姊一切。我只知道這樣。」
隨著持續吹送的風，彷彿要全面性地訴說從自身表面展現出的事物那般，枝元學妹說道。她的確毫不迷惘，也未考慮表裡問題，直接透露情感，並說著喜歡我，我想沒人能不害臊，內心也不可能完全不動搖。

「……雖然我說不太能說明，但其實說得還挺完整的呢。」

我對著有些得意的枝元學妹笑了笑。接著——

「沙彌香學姊眼中的我是怎樣的呢？」

她放下筷子反問我。彷彿窺探著我的眼，彷彿尋求回應。

枝元陽是怎樣的存在嗎？

若持續凝視著她，感覺浮現的事物又要勾出輪廓。

但我已經知道這形體的意義了。

所以我也完全停下用餐到一半，早已停止動作的手。

「妳可以再說一次喜歡我嗎？」

宛如接收到按下暫停的遙控器發出的指示般，枝元學妹一度停下動作，似乎是意外我會提出這樣的要求。當她的身體因滑落的汗水而顫抖時，才總算重新啟動。

「我不是每天都有說嗎？」

「是沒錯。但我現在想拜託妳。」

枝元學妹別開目光，鼓起了臉。

「沙彌香學姊或許真的有點怪。」

「真的？」

她無視我的疑問，清了清嗓子。

挺直的手臂與背部或許呈現了她的身體狀況，聲音非常通澈。

「沙彌香學姊，我喜歡妳。」

應該是因為比之前冷靜吧，她的告白有些細膩。

告白如同熱浪降臨我全身。

且並不只停留在表面，確實地灼燒著我的內在。

「嗯，嗯。」

我品味似的點了兩次頭。

「呃，什麼什麼，妳理解了什麼嗎？」

為了帶過枝元學妹的追究，我暫時先面向前方。

即使閉上眼睛，火熱的感受仍從眼瞼另一端滲透過來。

我並沒有對她一見鍾情，並沒有像那天看到燈子時的衝擊。

所以非常難以察覺。

即使如此——

我試著掙扎。但到這裡應該是極限了。

即使閉上眼睛，感覺也能隔著眼瞼看見那一端的溫暖存在。

「妳的喜歡不一樣呢。」

「咦？」

明明同樣是出自對方口中，通過我的耳朵，抵達我的內心。

卻變成與朋友所說的喜歡不同的事物。

或許，感情時而會超越科學與常識。

「我想，我——」

些許熱氣有如從柴火空隙之間冒出的小小火光。

枝元學妹的好意帶著一點點那樣的徵兆。

令人感到特別的好意背後所挾帶的，也就是——

「我只有今後會喜歡上妳的預感。」

一旦喜歡上，我又會有所改變。

面對這連自己都會驚訝的改變，我在踏出一步之前感到害怕。即使如此——

「所以在我喜歡上妳之前，不讓妳繼續喜歡我就傷腦筋了。」

單方面地持續奔向對方，卻哪兒也抵達不了。

我差不多想要停止這樣了。

因此，我終於能夠真正地回應她。

「枝元學妹，我們交往吧。」

這就是我的答案。

雖然我自認盡力平靜地說，對枝元學妹而言似乎仍太過刺激。

枝元學妹整個人從坐墊上彈起來，彷彿撞到不存在的天花板般笨拙地半途停下，接著搖搖晃晃，重新站好，再回來坐好，卻又馬上起身。一如本人的自覺，她這個人似乎真的無法冷靜。

不過，像她這樣一直動來動去，或許剛好跟我很合。

「真的嗎？」

「我最討厭有人跟我說是玩玩或開玩笑的，同時也最討厭這樣對別人說。」

雖然勾起了厭惡的回憶，但我想自己現在應該笑著吧。

「呴、呴、呴。」

枝元學妹踉蹌著發出怪聲，接著為了掩飾這點而假裝清了清嗓，結果嚴重嗆到。她這種沒完沒了的變化就像在房內不斷彈跳的皮球。

枝元學妹本想再次接近我，卻突然「啊」一聲從包包取出手帕，擦拭額頭與脖子，可能是覺得滿身汗過來太失禮了吧。這算是她的顧慮嗎？

真是個怪小孩。

「該怎麼說……呃，這是現實吧。嗯，沙彌香學姊很漂亮！」

「妳怎麼會是這樣接受的啊？」

夢中的我到底長成什麼樣子？

「我還比較擔心妳呢，不是容易厭倦嗎？」

「啊啊，這個啊。」

枝元學妹凝視著我的眼，溫暖的色彩感覺增添在肌膚上。

她隨即對我伸出手。

「每天我都會發現不一樣的沙彌香學姊，如此一來一定沒問題。」

「原來如此……」

這很有枝元學妹的作風，對她的認知已經會讓我湧現這種想法。

枝元學妹將透過尋找我的變化，獲得安心。

我則帶著與之相反，應該會想從她身上找出一如既往事物的心情……牽起了她的手。我邊牽著她的手，邊重新凝視著她的臉。

跟過去遇見的任何人都不同。

跟至今喜歡過的對象相去甚遠的氣質。

我現在正打算接受這些。

於是，我與枝元陽交往了。

因為這件事，現在換成我睡不著了。

我在床上翻來覆去，努力試著入睡好一陣子，但毫無成果，最終放棄。我掀起薄被後起身。

感覺眼底深處好似閃爍著光芒，閉上也沒用。

在一片漆黑的房內凝視著牆壁，我不禁想起跟柚木學姊開始交往的當天，自己也是像這樣睡不著，或許所謂的習慣真的改不過來。

我沒有開燈，茫然地度過時間。雖然有一點躁動的感覺，倒不至於令人不舒服。就好像有什麼要開始之前，夾雜了緊張與興奮的情緒傳遞到指尖。

包含貓在內的家人這時當然都還在睡，所以家中一片寧靜；窗外也沒有傳來蟲鳴，我當然不能太吵鬧。今晚城鎮那一頭傳來的聲音也不多，靜到甚至有點寂寥。

我在眼中感受到應該存在於掩起的窗簾另一頭的繁星。

那些星星是自己發著光，還是反射了光芒呢？

現在，對我而言的光是——

「……………………………………」

如果枝元學妹睡不著，應該能輕鬆地走出住處散步吧。我覺得可以這樣隨意而行是獨居的好處，有點羨慕。

……我突然想到一個人住的燈子是否也有這樣的機會？想著朋友是如何度過夜晚的？

我總是拿距離、忙碌之類當藉口，從未直接與燈子見面。

我需要找燈子商量枝元學妹的事的那天會到來嗎？

我愈想愈多，反而更難入睡了。

結果就這樣度過幾乎徹夜未眠的一晚，迎來早晨。

離開沒能好好完成任務的床鋪一會兒之後，一股感受才緩緩而茫然地湧現。

「我交女友了。」

我不禁脫口而出，並毛躁地在房內走來走去。外面天色已經明亮，城鎮與人們開始活動。我彷彿要急忙追上他們那般一直繞著圈。但這樣做當然沒有任何意義。

枝元陽，小我一歲的女友，活力十足，不甚穩重，小小紮著的頭髮甩動的模樣很可愛……就是這樣的學妹，面對我時總是滿面笑容。每每想起她，那閃亮的表情便立刻呈現在眼前，人如其名般的陽光少女。

這是我第二次和人交往。

第一次交往的經驗實在沒什麼美好回憶……不過也可能是我只記得壞的部分，所以才這麼認為。學姊雖然是那樣，但我確實喜歡過她，期間曾湧現笑容，內心應該也雀躍過。

這次的相遇或許也無法長久到永遠，不過總之我想，即使彼此的路分歧而中斷了，我仍想要記下許多美好回憶。

「所以首先……首先我該做什麼好呢？」

經驗尚淺的我並沒有總之先這樣、之後再這樣之類，已經合理安排好的必經之路。之前學姊是找我跟她聊天，或是偶爾講電話，只是這樣而已。而我跟枝元學妹之間已經有在做這些了。所以這樣就好了嗎？大學生究竟該做些什麼才好呢？

活動著的我感受到來自走廊的視線而看了過去，只見玳瑁貓直直看著這邊。

彼此都難得這麼早起。

「早、早安。」

我慌忙地心想牠可能從頭到尾都看著我在做什麼，並問候了牠。貓沒有進房，默默地離開了，總覺得之前好像也有過這種狀況。

因為貓的視線影響，我總算停下腳步，隨即看到垂在肩頭上的頭髮。

我掬起頭髮，看著它從指縫間滑落。

這一頭長髮確實能讓人感受到時間流逝。

但我有點拖拉太久，讓它長得太長了。

儘管這種說法可能有些冷淡……但，已經與我無關了。

「好。」

決定好要做什麼的我結束繞圈，開始更衣。

我走出房間盥洗。雖然水因為夏天的關係有些溫熱，仍洗去我因為睡眠不足，像是一層蓋在臉上的膜的物體。我很神奇地並不睏，也漸漸不在意疲勞了。

找到該做的事情之後，我也變得像枝元學妹那樣快步走著。

清新爽朗、閃閃發光，彷彿吸收了光亮那般準備踏出腳步。

不過我在選鞋子的時候回頭，看了看家中微暗的走廊。

「還沒完成呢。」

來到玄關時我才總算察覺這點，於是急忙回頭。

此時的腳步也比平常快。

第二節課結束之後，我發訊息問了枝元學妹人在哪裡。

她只回了我學校，幾秒之後又傳來下一條訊息。

『碰個面吧！』

「我的確是這樣打算的。」

我回訊決定好見面地點，收起電話向前。

我邊調整包包的背帶長度邊往前走，意識到自己要踏出腳步，移動身體。離開教室大樓，充分沐浴著強烈日光，與漸漸加快的呼吸一起加速。

枝元學妹一定會跑過來，所以我也試著加快動作。我已經多久沒有這樣快跑了呢？我想，人們隨著習慣生活，熟悉利用時間的方式，將會失去奔跑的機會。善用時間固然重要，但若能在這樣的基礎上偶爾跑跑，也會有不同感觸吧。或許。

倘若未曾與枝元學妹相遇，直到畢業之前，我都不會在大學校區內奔跑吧。

看樣子，跟她交往之後，我每天都會很忙碌……這樣也不錯。

我跑著來到學校餐廳前時，枝元學妹人已經在那裡了，看來只是加快腳步到呼吸稍稍急促的程度，根本完全追不上她。我停下腳步，追上來的熱氣似乎想要縮短距離，一鼓作氣包圍我。

讓我有點後悔跑過來。

若要學習枝元學妹的做法，可能還需要挑對季節。

枝元學妹輕快地跑來我身邊，接近之後整個人彈了起來。

「喔喔！」

她誇大地表示驚訝，然後靠了過來，伸長脖子想要窺探我身後，這樣的舉止很像小孩子凝視著稀奇事物的反應。

「妳剪頭髮了。」

因為我把修剪過的頭髮綁在右邊，換了個髮型，她馬上就察覺了。這是我首先想到要做的事，剪掉高中畢業以來就沒有動過的頭髮。

「呃，跟與我交往有關嗎？」

「很難說……總之我就是突然想剪了。」

突然想剪啊。枝元學妹反芻我的含糊說詞。

「但因為還沒失戀，應該無關吧，嗯。」

「是啊。」

枝元學妹單純的想法雖不中亦不遠矣。

我今天斬斷了雖然口中說沒關係，卻一直拖拉著的情緒。

「我馬上剪掉了妳說喜歡的頭髮，如何？」

「嗯——這個嘛……」

枝元學妹退後三步，整體打量了我一番。

「美女。」

帶著滿臉笑容的她如此評價我。

「我可能變得更喜歡妳了。」

枝元學妹又直接靠了過來，用手指梳著我紮起來的頭髮。

「我有點難以相信……嗯，這個美女竟然跟我交往。」

她的眼光閃爍，同時在一角出現不安的扭曲。表情變化真是靈活。

「我會不會被騙啊？」

「如果我真的騙了妳呢？」

比方說，只是嚮往戀愛這樣的情境，對象是誰都好。

枝元學妹目光游移，「嗯……」地思索了一陣。

然後放開我的頭髮，隨著一滴汗水滑落，開朗而堅強地笑了。

「如果妳會一直欺騙我，或許也不錯。」

即使沒有說太多，枝元學妹柔軟的姿態卻也令我佩服。

若要持續欺騙她，便代表我必須一直陪伴在她身邊。原來如此。

我喜歡事出有因，即使那原因只是彼此之間的聯繫這種不確定的存在。

「之前我也說過，對我來說，眼中所見便是一切。」

況且欺騙也不一定就是壞事。
所謂表現出更好的自己，很有可能是為了對方而做出的欺騙行為。
雖然我不確定枝元學妹是否這麼想。
「昨晚睡得好嗎？」
「我不太記得跟沙彌香學姊道別之後的事情了，所以大概還好吧。」
「妳這樣真的沒問題嗎……」
但我喝了酒那天的狀況也是很那個，沒什麼資格說別人，所以語尾有些沒底氣。
「沙彌香學姊的臉色有點差。」
「我沒怎麼睡，應該是被枝元學妹傳染了。」
蟬鳴毫不客氣地在睡眠不足的腦海迴盪，感覺很像在沉重的腦袋裡用力搖晃那樣，只消一個大意，似乎就會發出奇怪的聲音。在這個學妹面前，我想盡量避免這樣。
「叫我陽就好。」

學妹捎來一如往常的互動。我以一句「說得也是」加以肯定。

「之後就叫妳陽吧。」

我想起在直呼燈子的名字之前，曾以同班同學為對象練習。

與當時相比，我可以很順暢地直呼她的名字。

我卻有些抗拒以侑直呼小糸學妹。明明同樣是學妹，差別究竟在哪裡呢？

或許有些名字就是好叫。

我認真地思考著這些，看見枝元學妹驚愕的臉。

「喔喔……」

枝元學妹，不，陽踉蹌地後退，真是忙著前進又後退的孩子。

「什麼？」

「不，我以為會重複至今的互動，沒想到被妳這樣稱呼的時刻真的到來了，不禁——」

她邊說邊立刻回到我身邊，感覺好像慶典中的釣水球。

「呃……我可以繼續叫妳枝元學妹喔……？」

「這樣會很混亂耶。」

陽，好叫又好聽，或許因為是生活中常聽到的詞彙吧。

「陽是個好名字呢。」

「雖然現在是夏天！」（註：陽的日文發音同春）

陽綻開燦爛的笑容，接著馬上用手遮住臉。

「對不起，我剛剛說了超冷的笑話。」

「確實……」

很難有笑話比這更冷了，能這樣輕易站上顛峰也是不容易。

「嗯，那個，就是——」

「如果不知該說什麼好，就別說了。」

抗拒著的陽左右甩頭，然後輕輕地小跳步起來。

先不論冷笑話，她的舉止確實好玩。

這個連後悔時都會動來動去，名為陽的女生，實在是百看不厭。

「…………原來如此。」

我體悟到曖昧預感的真相。

很有趣，從不厭倦，非常喜歡我的可愛女孩。

從客觀角度來看，我不會喜歡上她的理由太少了。

『沙彌香學姊喜歡什麼顏色？』

『怎麼突然問這個？』

『這問題滿難回答的。』

『啊，我想說買衣服之類時選妳喜歡的顏色。』

『應該比較好吧——』

『選妳自己喜歡的顏色不就好了？』

『如果沙彌香學姊也喜歡……』

『不是更好？』

『是這樣沒錯。』

『喔喔……』

『有種球直接砸到鼻子上的感覺。』

『綠色啊。』

『不覺得春天很有綠色的感覺嗎？』

『啊，我也喜歡那個顏色。』

『好耶。』

『但我覺得還是選妳喜歡的就好。』

『因為我想要喜歡這樣的陽。』

『……陽？』

『怎樣啦？』

『總之我先回答妳，我喜歡綠色。』

『什麼感覺啊？』

『嗯——黃色？』

『或是像櫻花那樣的粉紅色。』

『那妳有沒有喜歡吃什麼？』

『雖然覺得之前好像也問過，但我覺得現在問——』

『妳比較會具體地回答我。』

『蕎麥……』

『蕎麥麵啊。』

『……不是手工的可以嗎？』

『那妳今天來，我煮蕎麥麵請妳。』

『這樣算好嗎……』

『喜歡的食物……』

『這個嘛……』

『蕎麥麵。』

『妳去拜師吧。』

『開玩笑的。』

『我會期待的。』

『還有，為了答謝今天這一餐。』

『明天換我請妳。』

『關於明天約好見面這件事。』

『我可不可以帶一個人去？』

『這樣繞一圈是有什麼意義……』

『可以是可以。誰啊？』

『燈子學姊？』

『不，應該不是吧……』

『啊就……』

『我在大學獨自發呆時……』

『還是留有一種燈子學姊和佐伯學姊……』

『會一起過來的錯覺。』

『雖然只有一點點。』

『……這樣啊。』

『或許就是這樣吧。』

『啊，是大學的朋友嗎？』

『之前跟我提過的。』

『……該說是嗎？』

『要怎麼說呢？』

『應該說不算是朋友了嗎？』

『不是朋友？』

『鬧翻了？』

『等等，應該不可能跟鬧翻的人一起來吧……』

『不過確實仍有一半是朋友的感覺。』

『我不懂。』

『呃，簡單來說。』

『我想介紹自己的女友給妳。』

『喔……是這樣啊……』

『嗯……』

『咦？』

「這裡就是沙彌香學姊的城鎮啊。」

「聽起來好像我掌控了這裡一樣……」

大學附近一帶比這裡熱鬧許多。儘管這樣說不太好，總之陽正興致盎然地看著確實十分平淡的街道風光，明明沒有什麼新奇的部分，她仍像是來旅行那樣開心。據她本人所說，其實已經很久沒有搭過電車了。

「妳沒有回老家嗎？」

「上了大學之後還沒。畢竟都有透過電話聯絡，我老家又遠，麻煩。」

只踩著人行道上白線部分的陽的聲音上下躍動著。妳是小朋友嗎？而且她還走得比平常更快，害得想追上她的我也稍稍拉大了步伐，變成只踩著白線走。連我都有變回小學生的感覺。

「不過暑假時可能會找機會回去一趟。」

陽過了馬路之後回頭說道。她跟我不同，不怕曬太陽，所以膚色已經黝黑不少。那張曬黑的臉回過頭來，彷彿牽著我的手走路的模樣讓我錯覺到過去的芳香。氯的氣味混雜在夏天的悶熱空氣之中。

「我覺得這樣很好。即使平常沒說，但父母應該都會想看看小孩吧。」

「是這樣嗎……嗯，既然沙彌香學姊這樣說，或許就是如此吧。」

陽接受了。妳這樣信任我，我實在有點困擾。

我會不小心想要回應她而逞強啊。

帶著陽走在老家一帶，我也有種自己好像從外地來的奇妙感覺。跟陽同處的現在與過往度過的城鎮混在一起……輪廓有如看著水中景色般朦朧。

雖然我想過約在都姊的咖啡廳碰面也不錯，遺憾的是今天店休。

所以今天沒有約在外面的店家，而是直接來朋友家玩。

「書店？」

「朋友的老家是這裡。」

經過蔬果店，我帶著陽來到一家個體戶經營的書店。

看著書店的名稱，陽扳起了臉。

「傷腦筋……我連漫畫都不太看耶，聊得起來嗎？」

「又不是說書店的小孩只會聊書本的話題……」

甚至可說我幾乎沒和小糸學妹聊過書本相關的話題。那麼說到我跟她都說些什麼呢？高中時代大多聊學生會相關話題。我們現在偶爾也會碰面，光是聊聊近況就不缺話題，還可以問她燈子的狀況。透過小糸學妹得知的燈子現況帶給我許多收穫。我輕輕摸了摸陽的肩膀，今天也有明確的話題可聊。

陽只覺得不可思議地歪了歪頭。

我們沒有從書店正門，而是繞到後面從家門進去，感覺有點新鮮。

小糸學妹立刻出來迎接，與我身邊的陽對上眼後說了聲「歡迎」。

「我是枝元陽，請多指教。」

小糸學妹露出笑容，回應陽的自我介紹。

我看著她的外觀與髮型變化，心想她也成熟了不少。

我們明明只差一歲，我卻有種自己大很多的感覺。

「這是我第一次踏進妳家吧。」

「是嗎？啊——不過應該是喔，我也沒去過佐伯學姊家。」

我們被帶到小糸學妹的房間，她馬上離開說要去備茶，我於是跟陽一起等她回來。

我順勢環顧了房內一圈，發現床邊的小型星象儀，看起來不便宜。不知是小糸學妹基於興趣買的，還是燈子送她的呢？

「那個布偶很可愛呢。」

陽指了指書櫃上，可愛豹子布偶，以及在它旁邊的那個……是什麼？

「圓圓的呢。」

「圓圓的很可愛。」

陽雖然笑咪咪，但那究竟是何種生物啊？

圓圓被壓扁的生物似乎很投陽的喜好。

「……唔——」

我摸了摸自己的臉，覺得應該不是圓圓被壓扁的吧。希望不是。

我於是當作沒看到。

燈子似乎來過。她是怎麼看待這個房間的呢？

或許會因為意外緊張而做出奇特行為。

備好茶回來的小糸學妹坐下之後，陽用眼神表示「可以說嗎？」我覺得這舉止有點可愛。

不過，嗯。

「我已經說了。」

「哎呀。」

陽看似有些意外地搔了搔臉，等了一會兒才看向小糸學妹。

「妳已經知道了啊。」

小糸學妹可能是被她的音量嚇到而睜大了眼。我笑著表示她就是這種人。

「如同學姊所說，確實很活潑呢。」

「往好的方面說是這樣沒錯。」

說得不客氣點就是有時候很吵。不過在大學校區裡，無論身在何處都可以知道她的聲音從哪個方向傳來，確實有利於我們會合。我覺得這不僅是她聲音大，同時還有容易辨認的因素在。

或許是因為她說話不猶豫，與自己所說的話一起率直地向前。

我肯定她這樣的處事作風，並且正向地看待，算是我對她偏心嗎？

「我是沙彌香學姊的女友。」

陽不知為何挺直了身子說道。

「啊，我叫枝元陽。」

自我介紹的順序反了，況且她其實已經報過自己姓名了。

陽說完看了看我，露出有點害羞的笑容。

「雖然這樣說有點害羞，耳朵熱熱的，但也有點開心。」

「我……耳朵也有點發燙呢。」

我不禁摸了摸耳朵確認，不過這股有點搔癢的感覺不至於令我不快。
陽之所以說高興，應該就是基於這種感覺吧。
我和陽互相凝視著對方，雙方都不禁愈來愈害羞。
「那個，我是不是先離開比較好？」
「這裡是妳房間喔。」
「是這樣沒錯啦。」
小糸學妹困擾地垂著眉笑了。陽看到她這樣急忙問候：
「初次見面，妳好。」
她甚至有種要鞠躬的感覺，變得意外地注重禮節。
「我才是，請多指教。」
連小糸學妹都受到影響客氣了起來。這兩人平常應該更輕佻一點的啊。
而且剛剛就問候過了。
「枝元同學妳——」
「叫我陽就好。」

我在一旁聽她這麼說，心想她是不是跟每個人都這樣講。

小糸學妹本來想回應些什麼，但途中彷彿轉向一般面對我。

「佐伯學姊是怎麼稱呼她的？」

儘管我有點疑惑這是在確認什麼，仍回答了她。

「就直接叫陽。」

雖然最近才改口。

「那就小陽。」

我在想她的「那就」是指哪個部分……是想避免用跟我一樣的稱呼方式嗎？我印象中小糸學妹不太會用小什麼的方式稱呼他人，應該是這個原因吧。

我並不討厭她這樣細膩的思想與顧慮。

「妳也可以直接稱呼我名字。」

「那就小侑了，我們同年吧。」

「我大一。」

陽豎起食指回應，小糸學妹也比陽稍微低調一點地豎起手指。

然後我們各自喝起備好的茶。在這期間，小糸學妹也一直凝視著我們。我跟她對上眼後，她放下杯子問道：

「是誰告白的？」

當我瞬間不知該如何回答時……

「啊，是我。」

陽很乾脆地回覆了，小糸學妹一副了然於心的態度，交互看了看我倆。

當我揣測著她的目光有何意圖時，小糸學妹對陽說道：

「要主動告白很可怕呢。」

陽先一度睜圓了眼，但立刻深深同意。

「嗯，很可怕。」

兩個學妹或許有著什麼同感之處吧，儘管交流的話語不多，仍能彼此理解。

我雖然也有告白過，卻沒有感受到可怕的情緒。

或許我根本沒有餘力感受那些。

也有可能是在日常生活中，我隨時都在害怕彼此關係毀壞而麻痺了。

我覺得自己喜歡燈子太久了。
這應該就是與她倆不同之處吧。
尤其對象是燈子的小糸學妹究竟有多麼苦惱，實在難以估量。
燈子其實頑固又任性。
所以——
「我覺得妳做得很好了。」
我將自己打從心底尊敬她的意圖加在簡單的話語上，傳達給她。
「……嗯。」
帶著曖昧笑容接受這句話的小糸學妹對著我小小地、明確地回應。
看起來稚嫩的學妹也已經成長得這麼出色了。
甚至要超越我。
「唔。」
「怎麼了？」
因為陽稍稍皺起眉頭，我不解地歪頭。只見她不是對著我，而是對著小糸學妹說：

「小侑常跟沙彌香學姊碰面嗎？」

被陽這麼一問，小糸學妹窺探似的往我瞄來，一邊回答：

「算滿常的吧。」

「是啊，應該算常碰面吧。現在可以碰面的對象變少了。」

「唔唔……」

感覺陽一臉嚴肅地噘起了嘴，皺起眉頭。

「留在老家這邊的人意外地不多呢。」

「是啊。」

學生會的學弟妹們畢業之後也各奔東西，這都是大家選擇了自己想要走的道路之故。像這樣仍從老家通學的，只剩下我和小糸學妹了吧。

但小糸學妹似乎常去燈子的住處過夜就是了。

「妳今天也要去她那邊吧。」

我說中了之後，看著小糸學妹睜大眼的樣子，有點好玩。

「所以妳為什麼知道啊？」

小糸學妹到處摸了摸自己的身體，想要找出謎題的關鍵究竟何在。

看她這樣慌張的模樣真的很快樂，所以我想在她察覺之前，我不會告訴她。

「不告訴妳。」

我這樣笑著，旁邊時而傳來「唔唔唔……」的呻吟般聲音。

「沙彌香學姊跟小侑之間有過什麼嗎？」

「咦？」

我們聊了一陣子，從小糸學妹家離開之後，陽懷疑起這點。

即使問我是否有過什麼，我心裡卻也沒有底，同時不知道她為什麼會這樣懷疑。

「我們之間沒有會被妳懷疑的事情。」

「但該說妳們很輕鬆嗎？聊得很開心啊。」

「跟朋友在一起不就是開心嗎？」
雖然我覺得這理由非常普通，但陽仍不能接受地挑著眉。
「小糸學妹不是那種對象。」
我對她的情感只侷限在友情，絕對不會超過這個範疇。
因為心情很清爽、舒暢。
我知道戀愛是更糾纏不清，無論好壞都更不透明的情感。
「那就好——」
她的聲音低沉，似乎並非真的這樣就好。
喏，現在與陽之間正有著這種糾纏不清的情感流過。
「單純是友情罷了。」
「友情跟愛情之間沒什麼不同，都是覺得對方很重要，這就是一切。」
陽斬釘截鐵否定。
「所以我只會想家人、朋友、沙彌香學姊是否重要。雖然這樣說不太好，不過也包括想要優先的順序之類的。」

然後她像是要窺探我的眼睛般確認我的反應。畢竟這不是解答，況且我也不是她的老師，所以我想這也是一種回覆，而非正誤二擇的狀況。

「……原來妳是這樣想的。」

「嗯，算是吧。沙彌香學姊不是嗎？」

「我並不討厭整理。」

為自己的感受取名，好好收藏起來。

這麼做，方便在需要的時候取出。

這麼做或許欠缺新鮮感，不過我認為恰到好處。

另一方面，陽這個人則是放任自己於感情的洪流中漂蕩。

我們的價值觀和想法真的相去甚遠……但現在是她在我身邊。

「嗯……」

「妳在想什麼？」

她難得地在我身後慢慢走著。

「沙彌香學姊有幾位家人？」

「一起住的是祖父母和雙親，共四人。」

「好，目標是第五名！」

陽大大張開手指，舉起手掌給我看。

「第五名？」

「沙彌香學姊重要對象的排名與我的目標。」

「啊啊，是這回事啊…………我家還有兩隻貓喔。」

「貓……貓啊……」

她想要伸出左手的手指，卻又停下了，猶豫著要不要縮回。

「目標第五名！」

看樣子，她沒有要妥協。

「加油喔。」

貓可是很難纏的喔。我想起隨著年齡增長而度過相應漫長時間的牠們平靜地午睡的模樣，這之中包含小學時期追著牠們跑的自己。

「為了達到目標，首先、首先……首先啊。」

「要做什麼？」

我故意欺負苦惱著上下擺頭的陽，她在煩惱過後伸手摸索包包裡面。

「要吃糖嗎？」

「妳喔……」

我傻眼地看著遞出草莓口味糖果的陽，但還是拿了一個。

將三角形的粉紅色糖果放入口中，酸甜的滋味讓我差點縮起臉。

「感覺要追加一個糖果分量的好意也是很辛苦呢。」

陽也把糖果放進嘴裡，如此說道。

「畢竟我不甜美，即使舔我的手指不會有甜味，也不會覺得幸福。」

「總覺得這話題很深沉呢。」

「不，我只是把想到的說出口而已。」

陽讓糖果在嘴裡滾來滾去，笑著說：

「不過即使比不上家人，但要是沙彌香學姊沒有重視我……當然會不安吧。」

陽邊加快腳步邊吐露，感覺很像小孩子表達小小的不滿。

我聽了她這麼說，刻意當成笑話看待。

「如果擔心，就好好珍重我。」

「當然會啊。」

陽表現出自信般的以笑容回應。

「沙彌香學姊也要快點喜歡上我喔。」

「我會努力的。」

跟這個學妹一起走著，不經意看向身旁時，會有一種安心的感覺。

就像我的頭髮不知不覺間長得那麼長一樣，心也會改變。

「感覺好久沒跟沙彌香妹妹碰面了。」

「不要叫我沙彌香妹妹。」

總之我這樣提醒朋友。

我在大陽傘底下喝茶，邊隨意地以目光追著大學生們的模樣，朋友則趴倒在桌上。

「我有跟其他人聊到說最近比較少看到妳。」

「是這樣嗎？」

雖然我心裡有底，還是隨口帶過。當然是因為我老是跟陽碰面啊。

看來我只要一戀愛就會疏忽其他事情，我的興趣真的很偏頗。

其他人，例如小糸學妹或燈子也是這樣嗎？

「沙彌香也交男友了？」

「不是這樣。」

我笑著帶過。雖然其實是。我叼起吸管後才想到好像哪裡不對。

「也？」

「感覺其他同學也非常致力於此。」

趴倒著的朋友發出「咕嗚咕嗚」這般有如慘叫的呻吟。我覺得她擅自停課的情況變多了，或許也是這類原因吧。果然跟我沒什麼差別啊。

雖然不重要，但趴在桌上仍說個不停的朋友，感覺宛如從樹上墜落的蟬。

「啊。」

我隨口回應繼續嘮叨著的朋友，並在人群之中發現了陽。她彷彿無視人流那般快步地鑽過人群之間，似乎往正門過去。我看著她，她或許是感受到視線了而回過頭來。

陽雖然整張臉亮了起來，但瞥見我身邊的朋友之後低頭示意了一下，又走了出去。

「總覺得之前也看過那個學妹。」

「是啊。」

當時我也是跟這個朋友一起，陽也是那樣示意了一下就離開了。

不同之處只有我一直看著陽遠去。

我與陽之間的關係。

稍稍思考之後，我採取行動。

「我想起有事要做。」

我說了謊起身。是不是太露骨了點？

但動作不快一點會追不上陽。

「喔喔連沙彌香都拋棄我……」

朋友假哭著嘆息。

「抱歉。」

「鬧妳的。掰。」

無力地舉起的手像輕飄飄的旗幟那樣揮動著送我離去。

咯咯笑著的朋友非常平穩，但直到最後都沒有起身。

我留下彷彿力盡般動彈不得的朋友，追著陽的背影而去。陽的腳程快，只是普通走著將無法縮短距離。我邊笑著心想真是麻煩邊跑了出去。

我持續跑著，很快抓住快步走的陽。

我來到她身邊，稍稍調勻呼吸。

奔跑得到相應成果，產生了充實的感覺。

陽抬眼看著身邊的我，回過頭去。

「這樣好嗎？」

「我就是覺得沒關係才過來的。」

我只是做了自己想做的事。

基於反省自己在與學姊交往時，完全沒有這樣做就結束了的狀況。

但其實可能只是一種任性的呈現。

我認為國中和高中時代的自己都算是好孩子。

因為被善良束縛而變得無法動彈。

但這回如果不行動，對方很可能會逃掉。

「嗯，很好。」

陽有如認可我般露齒而笑。

「雖然我跟上來才問，但妳要去哪裡？有事嗎？」

如果她真的有事，我跟著她很可能會造成妨礙。

「我打算先回去一趟吃點東西……沙彌香學姊要不要一起？」

「很好。」

是我也想去的地方。我們於是一起快步前往她的住處。

人們常言，與他人相處的時間總是轉眼即逝，但若是跟陽一起，應該可以盡可能多相處一些時間吧。

「沙彌香學姊買的餐具有充分活用呢。」

來到住處，陽邊準備午餐邊開心地笑著說。

「我認為它早已值回售價了。」

我針對今天的餐點給予如斯評價，陽則快活地笑著接受了。

在吃飽之後的休息時間，我茫然地想到，或許應該準備一組牙刷放在這裡，不過這麼一來真的就很像同居。目前我在就讀大學期間尚未外宿過，看來應該也是遲早的問題。

除了機靈的祖母之外，其他家人也會對我這樣的變化說些什麼嗎？

我有點在意起小糸學妹是如何向家人介紹燈子的。

洗好碗盤的陽瞥了我一眼，綻開笑容，接著走了過來。我不禁聯想到走在家中走廊上的貓，陽則繞到我身後。我想說什麼事，正打算轉頭時，陽從我身後像是要壓上來那般貼在我背上。

因為事出突然，我眼前差點一片空白。原來所謂小鹿亂撞就是這樣啊。

「啊，對不起，嚇到妳了嗎？」

聲音如呢喃般從耳邊傳來，讓我整個人顫了一下。

雖然我想逞強地說沒有，但我們靠得這麼近，說謊一定會馬上被她看穿，於是作罷。

「該怎麼說，我不太習慣……這類的。」

「這類的是指？」

「像這樣貼著。」

呼在脖子上的氣息好癢。但聽了我這麼說的陽像是更想填滿空隙那樣，把身子貼了過來。我感覺得到當自己的身子僵硬地抖了一下時，陽跟著笑了。

「妳喔。」

「只是貼著就能看到可愛的沙彌香學姊，感覺很賺耶。」

我側眼瞪向有些得意忘形的學妹，她於是稍稍縮回了脖子。

「……哎，總之我就當成是隻大貓吧。」

我知道如果不這樣想，自己的內心會異常地興奮而緊張起來。

從陽身上傳來些許混了汗水與她本人香氣的氣味。

「沙彌香學姊家有養貓嘛，養了兩隻。」

「嗯，妳喜歡貓嗎？」

「雖然喜歡，但嚴格說來我更喜歡狗。」

我對說出自身意見，不打算迎合我的陽瞇細了眼睛。

這並不是生氣，只是與過往情境重疊了。

我因為學姊推薦本來不甚喜愛的小說類讀物而開始閱讀，還說謊表示好看。

結果雖然讓學姊開心，但如果我更老實一點，或許——

可以不用這麼後悔吧。

「意見真不合呢。」

「但這樣就好了吧。應該。」

「我也這麼認為。」

反正兩個不同的人都貼得這麼緊密了，還是想要有不同的感受。陽圈住我的脖子，靠在我身上一動也不動，仔細想想，我真的是第一次跟人這麼近距離接觸。因為柚木學姊貼近的不是我，而是戀愛本身。

陽想要的確實是我。

而這樣的陽難得地保持了沉默，只是一直投注目光過來，況且注視的目標不是我的臉。我試著尋找她在看哪裡，好像是我肩膀以下的位置。就在我進一步特定途中——

「沙彌香學姊啊……」

陽想說些什麼，卻立刻別開目光。

「啊，說這個好像不太好，以我來說還真是做了冷靜判斷。」

「我不會生氣的。妳說說看。」

我甚至有點好奇陽會怎樣惹我生氣，至少我認為她是比我更乖巧的孩子，這樣的她要怎樣惹我生氣呢？當我有些期待地等待時——

「那我要說了。」

「嗯。」

「胸前挺有料耶。」

「……………………………………」

我總算理解方才陽的視線意義。

「妳不是說不會生氣嗎？」

「我沒有生氣。」

只是不知該作何反應，因為從沒有人這樣當著面直接對我說過。

我別開目光，心想確實沒有直接被這樣說過。

「我這不是性騷擾，而是單純地陳述感想。」

「這是性騷擾的人採取的藉口。」

「哎，因為我沒有嘛，有點羨慕。」

「枝元學妹還有機會成長喔。」

「變得見外了！」

我不禁自然地以枝元學妹稱呼她。

「又要從朋友重新來過啊——失落。」

「當然是開玩笑的啊。」

應該吧。我跟著在近距離對看的陽一起笑了。

陽不知不覺離開了我的背。

「哎呀，我算是能這樣近距離看著就很幸福了吧。」

「……胸部嗎？」

「臉啦！」

陽使盡全力否認我順著話題得出的結論。有點可疑。

沉默暫時存在於我倆之間。

「啊，對了，學姊，我們去游泳吧。」

「……妳不覺得自己很好懂嗎？」

之前之所以約我，該不會也是有非分之想吧？

陽瞬間「咕唔」地嘸了一聲，但立刻切換情緒承認了。

「我就老實說了，我只是想看沙彌香學姊穿泳裝。」

陽上下抖著肩膀表示「不行嗎」。

「是沒有不行……」

直接這樣說，我也很困擾啊。

我想起跟學生會的成員們一起去游泳那天的事。當時我只顧著看燈子。

我也沒資格說陽吧。

「拜託，請讓我看看。」

她很誠懇地請託。因為她的表情和態度瞬息萬變，我差點笑出來。

「下次吧。」

「有機會之後是下次喔——」

陽苦笑，卻完全沒有退縮。

「明天可以嗎？」

「……妳真的很頑強耶。」

我要投降了。

陽似乎擁有跨越「下次吧」這種口頭約定而追上來，並加以實現的力量。像是大人繼承了小孩子的行動力那樣專心致志的處事方式，感覺連我都被她拉著走。但從我不討厭這種感覺來看，應該早已被她影響了吧。

「……………………………………」

我想起波紋靜靜擴散的游泳池水面。

昔日的游泳池。我在水中所看到的事物。

那一天我發現的究竟是什麼？現在的我能夠好好面對嗎？

……經過了這些。

「妳說要去游泳，我還想說妳要去哪……」

隔天，星期五，我陪伴真的安排好計畫的陽，想說不知道她會出遠門去哪裡，結果竟然沒有踏出大學校區。

「不就是我們學校的游泳池嗎？」

「雖然有規定時間，但也有對外開放喔。」

陽開心地拉著我的手。雖然我們都是這所學校的學生，卻仍被收了使用費。我們聽取利用時間是兩個小時的說明之後，被告知了更衣室的位置。負責引導的是個看起來也像學生的女性。

「上面說宿醉的人不可以下水。」

「妳為什麼要這樣看我……」

經過注意事項看板前並讀出內容的陽爽朗地笑了。

「因為沒時間好好選購，我其實不是很想讓妳看我穿泳裝……」

「沒關係的。」

「沒關係什麼啦。」

「沙彌香學姊素材太好了，無論穿什麼泳裝，都只有被妳比下去的份。」

看著陽流暢又不害臊地這樣稱讚我，我都要被壓倒了。

「陽稱讚人的時候很具體呢。」

「拐彎抹角地稱讚不就會聽不懂嗎？」

她以一副理所當然的態度，不加矯飾地說道。

我有時候會覺得她的率直很耀眼。

在更衣室更衣的過程容我省略。
看到身穿泳裝的我，陽整個人後仰倒退。
「喔喔、喔喔喔、喔喔喔喔！」
「吵死了。」
我推開像海豹那樣吵鬧的陽肩膀，轉向泳池而去。
「我應該是第一次看到沙彌香學姊的腿吧。」
「腿……」
她是想要表達感動嗎？
「妳在那裡停一下。」
陽先讓我停下來之後退後了幾步，然後仔細地打量我。
「這樣很害羞耶。」
「唉唷……真的是喔。」
陽點了點頭，看來應該很滿意吧。
「沙彌香學姊啊——」

陽張著嘴停止了。

保持僵硬的笑容，發出沒有起伏的聲音。

「很漂亮呢。」

「妳剛剛一定是想帶過什麼對吧？」

被我這麼追究的陽看向遠方。

「很性感。」

「妳說什麼？」

陽沒有看前面就噠噠噠地跑走了。

「危險啦。」

我追著陽踩過腳邊的消毒池，一股氯的氣味與水的聲音立刻迎接我。

眼前是劃分出六條水道的細長泳池。

彷彿我小學時上的游泳班，讓我有種個子縮水的錯覺。

「沒人呢。」

小小的腳步聲迴盪在無人泳池，水面無痕，只是靜靜地波動。

「雖說對外開放，但也沒什麼人會特意過來。」

陽在游泳池畔邊伸展邊說明。

「而且特地來學校游泳池玩的大學生也是怪啊。」

「妳怎麼說得一副事不關己的樣子。」

陽「哈哈哈」地笑著跳進泳池，誇張地揚起的水柱與泡沫濺到我腳上。

確實，我並不習慣來學校玩的這種感覺。

我邊想著以前的自己根本無法想像吧，邊跟在陽後面下水，並順勢彎曲膝蓋，連頭也沒入水中。我看著泳池池底，才發現自己忘記戴泳鏡。

我聽著緩緩湧上的水聲浮出水面。

先下水的陽在浮出水面的我前面悠游著。

「這樣很像包場，不是很好嗎？」

「是沒錯……」

之前也有過這種只有兩人在泳池裡的狀況。

仔細想想，那天或許就是一切的開始。

這股帶著水的回憶，彷彿固定我記憶的錨。

讓我永遠不會忘記。

「我們來比賽吧。」

陽提議道。我想起她平常走路的速度。

「我應該會輸，所以不要。」

「咦——來嘛。」

看著陽像是小孩那樣求情的態度，我不禁笑了出來，決定跟她比一場。

我下潛之後，從水中鑽過分道線，來到隔壁水道，接著拉下泳鏡調整好位置，看了看旁邊水道。皮膚曬黑的女孩正在隔壁水道裡。

一股強烈的既視感襲來。

那個時候，我也輸了。

「那我們開始吧。」

陽瞪著裡面的大時鐘，喊出「預——備……」

我因為拿掉了隱形眼鏡，只能模糊地看到鐘的輪廓。

「開始。」

我順著陽的聲音潛入水中。

順著記憶中的做法踢蹬牆壁、划動手臂，當時的感覺於焉甦醒。像是在分類整理好的記憶之中，準備了游泳這個項目一般。當指尖回想起撥開水的方法，動作中的窒礙感便隨之消失，我一一完成應該像這樣，然後再這樣的過程，專注著往前。

我以為小時候上的才藝應該都忘光了。

但曾經度過的時間或許永遠不會消失。

從肩膀到腳尖的區別消失般的化為一體，帶著身在夢中的感覺游著。

當手碰觸到牆壁之後，我摘下泳鏡回頭，沒想到陽意外地慢。

「妳的游泳速度不算快呢。」

「我是陸地生物啊。」

「妳把我當成什麼了？」

我們邊聊著這種無聊話題，邊享受著水的觸感嬉鬧著。

明明沒特別做什麼，只是跟陽這樣玩水，我就很滿足了。

「……………………………………………………」

不對。

陽驚訝地詢問在泳池中央附近停下的我。

「怎麼了，發什麼呆？」

「只是想說什麼都沒發生。」

「因為這裡只有我們啊。」

「我不是說這個。」

我邊笑著她誤會了我嘀咕的內容，邊抹去鼻頭上的水滴。

跟陽交往從未經歷過諸如……不安、問題、不祥的氣氛之類的。

明明覺得應該要來臨，且在內心防範好並等著它們到來，卻什麼也沒發生。

甚至讓我覺得奇怪。

幸福和喜悅太安定了，反而令我不安。

這股不安的真面目應該是未知造成的。

因為我至今沒有順利談過戀愛的經驗。

……老實說，這樣講起來還真可悲。
失敗當然悲傷，但順利又會充滿不安。
我到底要怎樣才會滿足呢？
「咦，沙彌香學姊……」
陽的聲音從途中就像被泡沫包圍般渲染開。
我邊吐氣，邊沉入泳池池底。空氣從身體洩出，感覺手腳末端變得沉重。當背部碰到池底時，我展開了四肢。
摘下泳鏡的雙眼只能朦朧地掌握水中景象。
水面另一頭可以看見電燈的光亮，我朝那道光伸出手。
我舞動著手指，想抓住那道令人有種非常接近的錯覺的光亮。
指尖舞著擾動水，卻沒能碰觸到除此之外的任何事物。
耳朵附近傳來「啵啵」的空氣聲，是漸漸從我身上流失的空氣。泡泡往水面浮去，消失在絕對無法觸及的光亮彼端。
在水底，平常持續感受到的引力也變得緩和。

只能在這沒有空氣的世界裡待上一小段時間，實在很可惜。

當我開始有點窒息時，感覺到其他流動往這裡過來。我看了過去，發現陽也潛了下來，她的泳帽不知是否在下潛時脫落，跟著頭髮一起漂蕩著。壞孩子。

她應該是下來看看一直沒有上浮的我的狀況吧。

我牽起追過來的陽的手，陽那彷彿無視水溫般的手掌熱度就在這裡。被我牽起手的陽先是大大吐出了一個水泡，隨即回握我的手。

陽那曬出了色澤的手，在水中更是鮮明。

像是要把她拖下來般，我拉著她的手靠近我，陽也俐落地踢水下潛，來到跟我同樣的深度。下來之後，才以眼神詢問我在做什麼。

我在做什麼呢？

當時，我在追求什麼？

有些缺氧的腦思緒渾濁。

失去行動限制，身體自然地動了起來。

嘴唇靠近陽那毫無防範的頸子。

並且無視陽驚訝的反應，貼了上去。

明明立場與當時相反，心臟卻仍重重地跳了一下。

氣泡從搖晃的頭、錯開的嘴唇，以及陽的肌膚之間冒出。

陽深深地吸入那氣泡。

從我身上離去的事物進入了陽的體內。

類似心跳的流動聲噗通噗通地加強，明明身在水中，卻像耳鳴那樣。

接著，換成陽也吸附上我的頸子。

儘管我笑著「妳知道這有什麼意義嗎？」仍接受了她的唇。

陽身上所剩不多的空氣上浮，包圍著我。

我茫然地感受著陽的嘴唇觸感。

忘了呼吸、忘了引力、忘了許多，只有陽和心跳聲留在水裡。

像這樣獲得解放的心臟，感覺已經把持續存在的裂痕填補了起來。

這時候到了極限，已經沒有空氣可以吐出的兩人緩慢地挪動彷彿被抓住的手腳，一起上浮。不可以只有一個人衝出去，要兩個人一起回去。

往光芒衝去。

越過水面的那一端，有著與下潛之前毫無差別的景色。

我跟著陽一起回到理所當然的場所。

牽著的手仍維持原樣，彼此凝視。泳帽脫落的陽濡濕的頭髮閃耀光澤。

兩個人一起深深吸氣。

感覺血液流向騷動的指尖而去。

聲音變得鮮明，劃開水的聲音在杳無人煙的泳池緩緩迴盪。

「雖然我不是很懂……」

陽先以這句話為前置，再次舉起我倆的手。

「手掌很溫暖呢。」

沒錯，陽的溫度很溫暖。

沒有會燙傷的熱度，也沒有會產生心傷的激情。

是我可以留下的溫度，是讓我想要待在這裡的溫暖。

我已經不再需要逃避了。

正因為是現在，我才能在濕潤視野的另一頭想起在水中發現的景色。
讓心臟產生裂痕般的強烈痛楚。
以及宛若鑽進那縫隙之中般的冰涼跡象。
當時，我知道這樣很痛。
理解所謂戀愛的感覺，知道世界上有這樣的事物存在時，我——
感受到許多痛楚。
將那些疼痛與失敗一一剪下、拼組，成了現在的我。
能在身上一切都被痛楚置換之前找到屬於自己的安寧，令我非常安心。
這或許就是所謂的幸福吧。

『校慶話劇啊……』
『好玩嗎？』
『嗯。』

『這是偏見。』
『呃……應該是不擅長沒錯。』
『不過說不定看了之後會喜歡。』
『之後？人？誰？』
『沙彌香學姊真的正經八百耶。』

『陽應該不太擅長這類的吧？』
『找機會去看看吧。』
『話說——』
『我之後會見一個人。』
『不，我打算見一個人。』
『高中時喜歡的對象。』
『我想說——』
『還是跟妳報備一下比較好。』
『我只是不想跟妳之間存在著芥蒂。』

『嗚哇！』

『要死了。』

『我喜歡剛剛那個。』

『再前面一個！』

『再說一次。』

『呿～』

『嗯。』

『妳適合開朗的態度。』

『我想看著那樣的妳。』

『要死了？』

『要死了嗎？』

『鬧妳的。』

『我只是有點害羞。』

『妳捲上去看。』

『當然沒問題。』
『儘管去吧。』
『別出軌喔。』
「我做不到的。」
畢竟我絕對無法觸及名為燈子的那顆星。

『謝謝。』
『做不到啦。』
『能不能碰個面？』
『雖然沒有要做什麼。』
『只是想看看妳。』

『沒多久之前才見過吧？』

『不過，好啊。』

『被妳這樣一說，我也想見妳了。』

『真期待。』

『我也很期待喔。』

『燈子。』

「我們有兩個人來過這裡嗎？」

燈子邊往咖啡廳最裡面的位子坐下，邊這樣問我。

「之前有過一次。」

她已經不記得我們暑假時曾一起來過了嗎？

燈子愣了一下之後，露出親和的微笑。

也可以說是在裝傻吧。

「不愧是沙彌香。」

「不愧什麼啦……」

我因為這廉價的稱讚笑了。

「畢竟常跟學生會的人一起來，我可能記不太清楚了。」

我邊把包包放在旁邊，邊朦朧地憶起當年。

大家聚在一起討論學生會話劇內容，常常碰面的日子。

我想，那是不管我今後到了多遠的地方，都不可以忘記的寶貴時光。

向店員點完餐之後，我望向坐在對面的燈子。

七海燈子，外表看起來跟高中畢業時沒有太大變化。

她美得甚至讓人覺得已是完成體，所以外觀或許沒有必要改變吧。

然而，她的舉止仍有些細微的差異。

我現在正與沒有扮演著任何人的七海燈子本人面對面。

「雖然校慶的時候也碰過面，但真的是好久不見。」

燈子開朗地慶祝我們再會。沒錯，真的很久不見了。真的。

但我的回應仍有些不坦率。

「我比較沒有好久不見的感覺呢。畢竟小糸學妹會說很多跟妳有關的事，我又常跟她碰面。」

「咦，是這樣嗎？」

燈子展現出乎我意料的反應。

「妳沒聽她說？」

「常碰面的部分沒聽說。」

燈子向前探出身子，把臉湊了過來，面露嚴肅表情。

「……出軌？」

為什麼大家都要懷疑我出軌啊，難道我生了張小三臉嗎？

先別說這些。

我沒辦法立刻分辨燈子這說法是開玩笑還是真心的。

我邊感受著在內心席捲般的風，邊笑了。

燈子現在想必真的很幸福吧。

「誰知道呢？」

我開玩笑地帶過。燈子先是有點不悅，卻又立刻以飛快的語速訂正：

「不，我是開玩笑的喔。開玩笑的。」

「嗯。」

見我忍俊不禁，燈子尷尬地別過臉去。

她偶爾會表現出的幼稚舉止……總是吸引著我的目光。

「剛剛我去了小糸學妹老家。啊，當然是去買書。」

我拿起跟包包一同放在旁邊的袋子，燈子也立刻恢復好心情，轉過頭來。

「妳買了什麼？」

「叶學妹的書。」

我打開袋子，給她看看書本封面。我有多久沒買小說了呢？

「啊，沙彌香也買了啊。」

「畢竟是認識的人的出道作啊，當然要支持兼慶祝。」

叶學妹跟燈子就讀同一所大學，似乎常有機會和燈子與小糸學妹碰面。

「我可是直接找她簽名了喔。」

「妳是在比什麼啦？」

原本得意地笑著的燈子突然像是想到什麼般「……啊——」地別開目光。

「怎麼了？」

「不，我找她簽名時她簽得很順，於是問她是不是練習過？結果她一副覺得很丟臉的樣子……感覺當時應該不要問比較好。」

「燈子是不是也該練練簽名？」

「我是要幫誰簽名啊？」

「如果妳打算正式走上演員這條路，或許就會有這樣的機會吧。」

我提及之前聽小糸學妹說過的話題，燈子曖昧地笑了。

「這個……還不確定呢。」

「也是。關於未來，妳要好好跟小糸學妹商量決定比較好。」

「嗯。」

見燈子如此坦率地點頭，我邊閉上眼邊輕輕笑了。

如果她以前也能這樣老實聽別人說就好了。

我不禁懷念起自己因為燈子的頑固而投降，忙碌地做了這些那些的日子。

並享受著直至今日才產生的些許不滿。

我們點的咖啡送了上來。與在店員後方顯得忙碌的都姊對上眼後，她稍稍揮了揮手，我則和燈子一起點了點頭示意。

我們先啜飲一小口咖啡之後，燈子說道：

「話說，不，雖然用話說起頭有點奇怪……妳交女友了對吧？」

我「嗯」地簡短回應抬眼望著我的燈子。

「我之前才第一次知道。」

燈子責怪似的瞇細眼睛，凶巴巴地瞪了過來。

「我以為小糸學妹會告訴妳。」

「妳直接跟我說不就好了？」

「這……因為沒有機會啊。」

既然妳沒問，由我主動說我交女友了也很奇怪吧。大概。

畢竟那樣不就像是我很想放閃嗎？

……我應該是不想變成那樣的。

「是怎樣的人？」

「小糸學妹沒跟妳說？」

有稍微提過。燈子說。

「我想聽妳說。」

感覺這樣的互動好像在哪裡聽過。

我邊傾聽店裡的嘈雜聲，邊說起有關陽的事。

「她是個非常活潑的人。」

要向別人介紹她時，首先一定會提到這點，想必這應該是她在我心中留下最深刻的印象吧。實際上，陽是個快活的人，彷彿不知停駐為何般的持續奔跑著。

她的情感一如本人所述地切換快速，想讓身體追上情感，或許自然就會快起來。

我配合著她，以過去從未經驗的速度過著每一天……這樣很好。

「因為喜歡上她，我才會想單獨約燈子碰面。」

她給了我足夠充分的事物，使我能夠正視燈子。

燈子也凝視著這樣的我，微笑道：

「一定是個很棒的人。」

我只小聲回了「的確非常棒」。

「還有，很會做菜。」

「啊，這很令人羨慕。」

燈子上鉤了。她原本想前傾身體，又突然像是驚覺似的退回，清了清嗓子。

「我也想努力做到每天自炊喔。」

「妳為什麼要跟我辯解？」

我看著想糊弄過去而拿起咖啡杯就口的燈子，不禁苦笑。

「妳不可以洩漏都是侑有來，我才會提起勁做菜裝裝樣子喔。」

我想小糸學妹只要看看冰箱裡面，馬上就會破功了吧。

「我知道了。」

宛如替小孩的惡作劇保密那樣，我與她做了約定。
「獨自住在外面的生活如何？」
「雖然已經習慣了，但老實說很辛苦。」
像這樣輕易示弱的燈子真是新奇。
「我不會做的事情比想像中還多。不過嘗試去做那些事情非常愉快。」
「………………………………」
或許我未曾知曉的燈子真面目就是這樣的吧。
我默默聽著真正的燈子說話。
「包括演戲在內，還有很多我不知道的事情……我所未知的世界。之前我害怕去接觸那些未知，並產生改變。」
隨著一句「然而──」我感受到燈子內心的劇烈波動。
充斥雙眼的光輝道盡一切。
「侑跟我說，無論做什麼，都可以盡情地改變。」
「……這樣啊。」

有沒有對燈子說出這句話……

正是我和小糸學妹之間的差異。她的勇氣就是表現在這裡了吧。

「自己真的比不上她」的嘀咕順著咖啡冒出的熱氣，散逸在天花板上。

在那之後，我們也甚少交談，只是慢慢享用著咖啡。

與燈子見面的意義已經充分達成了。

聽著燈子的聲音，確認燈子的幸福。

只是這樣就能滿足。

「果然沒什麼要特別拿出來說的話題呢。」

因為過去我與燈子度過了很長一段時間，交流了許多。

「是啊，不過我覺得能見面很好。」

「燈子，我也這樣覺得。」

今後我倆恐怕會漸行漸遠。

維持平行線的我倆隨著時間經過，將會更拉開距離吧。

在像這樣單獨碰面的機會變得鮮少之前。

來做我現在想做的事情吧。

「我說燈子啊。」

「嗯？」

「這邊的費用讓輸的人出，如何？」

我邊提案邊伸出握拳的手。

並非因為缺乏什麼，也沒有特別的意圖。

只是想試試看。

燈子一開始睜圓了眼，接著卻又緩緩、輕鬆地露出微笑。

「好啊。」

她細細品味般的低語著「這樣真的很好」。

我肯定抱持同樣心情。

「剪刀——」

「石頭——」

而她出的手勢一如我預料。

所以我可以輕易地選擇獲勝或敗北。

繁星蕩漾

Bloom Into You:

Regarding Saeki Sayaka

每次戀上一個人，都像朝著繁星伸手。

假裝沒有發現自己無論怎樣伸去，依舊無法觸及它們的事實。

因為伸手過去的方向有著美麗事物。

只是碰不到。

繁星如此遙遠。

倘若不像是要跨越什麼般以高處為目標，絕對無法觸及。

而每當碰到時，星光已黯然失色，變成只存在於手中的理所當然。

即使如此……

仍祈求著，想碰觸隨著接近而漸漸黯淡的星星。

有個女孩以星星為目標。

我看著她，才總算湧起自己也要採取行動的想法。

那其實已經來得太遲，幾乎等於無謀。儘管無法觸及，卻仍讓我向前了。

就這樣，在不知不覺間，我找到了另一顆星。

同時心想，這次一定要觸及。

……沒錯，我——

現在確實跳起來了。

「我之前就想講了，妳稱呼我的時候不必加上學姊。」

走出陽的住處，在下樓梯途中，我說出了有點在意的事情。跟在我後面一階，送我出來的陽隨著輕快腳步聲回應：

「可是妳就是學姊啊。」

「可以直接叫我沙彌香。」

我回頭學起某人說話。而那個某人「唔」地噘起嘴唇，抖了抖肩膀。

「下樓梯不看前面很危險啦……」

「好，好。」

平常總是快跑的陽明明應該更危險吧。

每下一階，耳朵就被冬天的空氣侵蝕。肌膚接觸到隨著夜愈深而跟著沉落的氣溫，產生一股燒傷般的刺痛。與陽相遇明明是在溫暖的春季與夏季之間，時間真的過得很快。想必當我們左顧右盼，走上岔路時，時間仍沒有加速、沒有停滯，默默地、堅毅地持續向前吧。

「沙、沙彌香？」

「有。」

捕捉到陽流洩而出的聲音，我不禁笑了。下完樓梯後我回過頭，只見坐立難安的她一臉無法平靜的表情，眼光往右飄移，口鼻則向下低俯。

「不，我應該沒辦法……」

陽看著遠方，含糊地嘀咕著：

「我很抗拒直接稱呼年長對象的名字。」

「妳真乖。」

我鬧著摸了摸陽的頭。她邊轉圈邊後退躲開。

然後從頭到腳打量著拉開了一點距離的我。

「怎麼了？」

「美女！」

陽豎起拇指。我不禁帶著羞恥與苦笑，心想這孩子沒頭沒腦地又來了。

「謝謝。」

「我偶爾會有點難以置信這樣的美女會喜歡我。」

總覺得之前好像也有過這種互動。

靠過來的陽確認似的摸了摸我的肩膀和手肘，剛剛明明膩在一起那麼久，一分開便像懷疑我是否存在一般。她無垠的眸光如水面般倒映著我。

「真的嗎？」

「真的。」

我稍稍撥開她的瀏海，摸了摸她的額頭。她很溫暖。

甚至讓我覺得自己用冰冷的手掌奪走她的熱度有點可惜。

「我很高興妳說喜歡我，內心也會在妳稱讚我是美女時激盪不已，所以——」

我也喜歡妳。

陽聽了我這番話，看似滿足地摸了摸我放下的頭髮。

輕柔地撫著。

我倆就在公寓的小小照明燈下這樣待了一會兒。

終究還是退開一步的陽，嘴裡又嘀咕了起來：

「直呼名字啊……問問看小侑有沒有訣竅好了。」

「小糸學妹嗎？妳們常聊天？」

「偶爾會。我會跟她打探沙彌香學姊的事情，或是找她商量。」

陽賊笑著。我想到她可能會問起我高中時代的狀況，不禁有些不悅。

「在別人不知情的狀況下聊八卦實在不是好事呢。」

「畢竟就算問妳，妳應該也不會告訴我嘛。」

「妳都問了些什麼啊……」

我可能也該叮囑一下小糸學妹，別跟陽說些會讓我害羞的事。

不過要是她反問我哪些可以說，哪些不能說，我反而會困擾吧。

「因為小侑說她都直呼女友的名字。」

「喔喔……」

這我不知道。原來她倆在雙手可以交纏的距離下獨處時，會那樣直呼對方的名字。

「……………………………」

我真的不知道。

高中時的我明明自認對燈子無所不知。

今後，我對燈子或小糸學妹不知的部分應該會加速增長。

不過，這就是人與人的相遇及離別。

離開燈子身邊的我，如今佇立於夜晚之中。

在淡淡延伸的夜晚雲朵另一端，有著許多閃閃發亮的存在。

「送到這裡就好了。」

如果不這樣說，陽就會送我到車站，我於是先行婉拒。當我說出這句話時，陽已經抬起右腳，準備跨出步伐，只得暫停動作。僵立著的她呼出白煙。

大學生的春假很長，沒有回老家的陽只要說聲「想見面」，便能讓即使沒事情來學校的我搭上電車。準備回家時雖不到深夜時分，夜色卻仍已深沉得可用手掬起。

「妳不是怕冷嗎？」

陽苦笑。

「因為我是陽。」

「畢竟是陽呢。」

拿她的名字玩起文字遊戲的我們輕輕笑了。外頭這麼冷，我還是快快離開，讓陽回房去比較好。

明明知道，卻無法採取行動。

道別時總是這樣。

跟掛斷電話時有點相似。

「不過小侑真是個好孩子。」

陽顯得有些惋惜地對我說。

「咦？嗯，是啊。」

「我跟她說叫我陽就好的時候，她馬上直接這樣稱呼我了。」

「……是啊，沒有馬上叫的我是個壞孩子呢。」

「啊，的確是這樣呢。」

覺得很有趣的陽意義深遠地勾嘴而笑。

「我也喜歡壞壞的學姊喔。」

她想必未多加思考便脫口而出的這句話，使我的心情輕鬆不少。

「還真是謝謝妳了……」

能被人接受，竟是如此心安。

與某人相遇、與某人接觸、受某人影響。

我將像這樣無法停止改變地活下去。

走到人行道上，陽抬頭看了看天空，嘀咕：

「不知道明天早上春天會不會到來呢？」

「太陽下山的時間愈來愈晚，就快了。」

我邊吸入三月的冰冷空氣，邊來到陽身邊。她的個子果然比我小。

雖然我偷偷心想她的身高可能會追上我，但似乎並非如此。

「春天與沙彌香學姊相遇時，我哭了呢。」

陽仰頭看著我。我回想著過去般說著「確實有這麼一回事」。

其實根本無須回想，我仍記得她當時的樣子。

這件事情離需要仰望天空回想的程度還很遠。

我希望能永遠保持這樣遙遠的狀態。

「今年春天要是不會哭泣就好了。」

我原本想說當然，但又稍微想使壞看看。

「妳可能會被壞學姊逼哭喔。」

「啊哈哈，怎樣逼哭？」

陽以完全不當一回事的態度反問。

「咦？呃……」

即使問我具體做法，我也沒想過。我至今或許從未逼哭過人，卻被逼哭過許多次。這樣想想還滿慘的，我不禁客觀地可憐起自己。

「怎樣怎樣，妳打算怎麼逼我哭呢——？」

「打、打妳。」

「竟然打算訴諸暴力！」

陽表示驚愕。我也順著這氣氛舉起了手。

「像這樣吧？」

「沙彌香學姊，妳的腰往後縮了喔。」

陽並非注意到我舉起的手，反而點出了我的腰。我清了清嗓子，立刻放下手。

「畢竟我沒打過人。」

「學姊果然是好孩子。」

「與好孩子無關……一定是忍下來了。」

我垂眼望向右手。截至今日，我當然曾歷經許多不滿意的事情。

甚至有過火氣一湧而上，指尖僵硬收縮的感受。

但我認為那樣不好，隱忍了下來。

仔細想想，我碰過許多這種狀況。或許是因為天生有這方面的才能，我忍耐、承受了許多事情，可能也很能忍痛，卻並非毫無知覺。

「那，妳可以不用忍受我，想打就打。」

陽牽起我的右手，敷在臉頰上。她的臉頰已經變得非常冰冷。

「哇，學姊的手好冰。」

我以細微的手指動作表示她也一樣，彼此接著互相凝視。我忽地垂下肩膀。

「我並非忍耐著待在這裡。」

「我也是。」

彼此身上的冰冷，以及漸漸產生的搔癢感與溫暖。

彷彿在我腦海深處閃爍小小的光芒。

不過——

「……別……」

別說這種會讓我失守的話。

內心發出喜悅般的哀號。

「當然，我也會努力不讓事情變成這樣。被甩了之後，我才知道這也很重要。」

陽害羞的聲音撩撥著我的耳垂。

這是過去我失敗時找出的答案。

輕輕擦過臼齒的一句「我也是」，究竟有沒有傳到陽的耳裡呢？

微小的氣息自陽笑著的嘴角逸出。

我知道那吐息的溫度。

一旦在意起，便渴望更近距離地感受。

我稍稍彎身，將臉湊過去，陽也立刻回應似的微微踮起腳。彼此的臉如絲線糾纏般縮短距離，進而重疊。無論重複多少次，吐息被對方的唇封住的感覺，都能帶來自己已經抵達某處……這般神奇的到達與安心感。

雖說是夜晚，但畢竟在公寓前，不能這樣太久。

只不過，陽的嘴唇觸感仍持續殘留。

與她的接觸無論是在冬天，還是夜晚。

「好溫暖。」

我說出如斯感想。櫻花般粉色的陽彷彿要確認這點，摸了摸自己的唇。

在這之後，我總算與陽道別，獨自走在夜晚之中。

她賦予我的溫暖宛如想追隨向後散逸的吐息，漸漸脫離。

一旦如此，我便會馬上想碰觸陽。

一想到只要轉身走上回頭路便能再見到她，我的身體就好像要停下來。

實際上，真的停下來了。

「……………………………………」

我搖搖頭。

「不不。」

有種現在回去她住處就完了的預感，想必會軟爛頹廢。

還太早了。我踏出腳步，心想還太早，勉強保住形象。

才剛說完很能忍就這樣是怎樣啦。

不過喜歡上一個人或許就是如此。

會不斷展現自我，也就是變得任性。
要分離貪心與戀愛是非常困難的，這就是我的答案。
我想，今後我也會漸漸變得更有自己的風格。
希望這樣能為陽帶來幸福。
……不過，總之起碼要能再維持裝模作樣的學姊形象三個月。
沙彌香學姊當不到一年什麼的，別鬧了。
現在的我就是幸福到可以糾結於這種奇怪的無聊小事。
幸福到無論吸入、接觸多少外界的冷空氣，內心仍有股溫暖持續流動。
走在往車站的路上，以目光追隨著城鎮的光輝時，我順便抬頭仰望天空。
幾顆星配合深吸、深吐的氣息搖晃著。
想必春天已然近在身邊了。

後記

事情就是這樣。這是第三本關於佐伯學姊的書，原則上到此就完結了。

要寫出比原作更之後的事情，實在有點緊張耶，我抱著「由我來寫真的可以嗎！」的感覺努力寫完了。倘若能得到各位青睞，我會非常榮幸。

本書中登場的枝元陽這個名字是仲谷老師敲定的，我其實不太擅長想名字……畢竟我是那種想不到時會先在沒有名字的情況下書寫內容的作者……

參加這次企畫，整體來說的感想是覺得很不可思議。只有設定，卻未曾在漫畫中登場的人物，當然是由我揣摩並描寫，然而明顯有那種跟漫畫有點不一樣的感覺對吧。雖然照理說我盡量想把她寫成普通人，但應該仍有些個人習慣表現出來吧，讓我覺得「哎呀，所謂人的感性真的是曖昧又不可思議，卻又確實存在呢」。

還有，從第二集開始，每一章的章名都是借鏡本篇取的，各位覺得如何呢？有那樣的感覺嗎？我喜歡想章節名，應該是在寫小說的整個過程中最快樂的一件事，甚至想過可以就這樣滿足收工。不過當然不行。

總之就是這樣。

小說版能夠寫到最後，都要感謝各位購買。

非常謝謝各位。

入間人間

大家好，我是仲谷鳰。《關於佐伯沙彌香》系列也接續原作，在本集完結。有幸讓入間老師聚焦在一位角色身上，撰寫三本外傳小說，我到現在仍有種是不是搞錯了什麼的感覺。因為是最後一集，我拜託入間老師「儘管讓沙彌香幸福吧」。謝謝各位守候著本系列。

仲谷 鳰

告白預演系列10

原本最討厭的你

Kadokawa Fantastic Novels

原案：HoneyWorks　作者：香坂茉里　插畫：ヤマコ

HoneyWorks超人氣戀愛歌曲「告白預演」系列第十集！
《現在喜歡上你》續篇登場！

升上高二的虎太朗，仍單戀著自己的青梅竹馬雛。他在足球社的比賽中力求表現，也在文化祭時主動邀約雛，做了許多努力。在學校舉辦的隔宿旅行的夜晚，終於決定告白的虎太朗將雛找出來，但雛卻表示「我有喜歡的人了。我一直都喜歡著他」——

NT$200/HK$67

毀滅魔導王與魔像蠻妃 1～2 待續

Kadokawa Fantastic Novels

作者：北下路来名　插畫：芝

最強病嬌大顯神威！殺戮與嫉妒的美神（？）
將再度為了睡伊大鬧一場！

睡伊與伙伴魔像太郎，終於一同來到了人類村鎮。自己的身世之謎、魔像的相關知識、歸返原本世界的方法……睡伊原本期待能夠找到種種情報的線索，誰知卻因為出手搭救了惹上麻煩的魔道具店店主，而與鎮上的惡霸組織槓上了……！

各 **NT$270~320/HK$90~107**

國家圖書館出版品預行編目資料

終將成為妳：關於佐伯沙彌香 / 入間人間作；何陽譯. -- 初版. -- 臺北市：臺灣角川股份有限公司, 2021.03

冊；　公分. -- (Kadokawa fantastic novels)

譯自：やがて君になる 佐伯沙弥香について

ISBN 978-986-524-290-9(第3冊：平裝)

861.57　　110000952

Kadokawa
Fantastic
Novels

終將成為妳 關於佐伯沙彌香 3（完）

（原著名：やがて君になる 佐伯沙弥香について 3）

2021年3月17日 初版第1刷發行
2024年6月17日 初版第7刷發行

作者：入間人間
插畫：仲谷 鳰
日版設計：BALCOLONY.
譯者：何陽

發行人：台灣角川股份有限公司
總監：呂慧君
總編輯：蔡佩芬
主編：林秀儒
編輯：邱璨萱
設計指導：陳晞叡
美術設計：李思穎
印務：李明修（主任）、張加恩（主任）、張凱棋、潘尚琪

發行所：台灣角川股份有限公司
地址：104台北市中山區松江路223號3樓
電話：（02）2515-3000
傳真：（02）2515-0033
網址：www.kadokawa.com.tw
劃撥帳戶：台灣角川股份有限公司
劃撥帳號：19487412
法律顧問：有澤法律事務所
製版：巨茂科技印刷有限公司
ISBN：978-986-524-290-9